Saturn Return

6 volume six

Akane Torikai

MILKY WAY EDICIONES

SHUNPEI KOIDE

26 años. Nuevo editor de Ritsuko. Su exceso de motivación en ocasiones le lleva a ser un poco molesto. Antes de trasladarse al departamento literario, trabajaba en una revista semanal de cotilleos. Está empeñado en animar a Ritsuko a que investigue la muerte de "Aoi".

KAZUFUMI NODA

36 años. Marido de Ritsuko. Trabajaba como editor en el departamento literario de un importante sello editorial. Era el responsable de supervisar el trabajo de Ritsuko, pero dimitió tras empezar una relación amorosa con ella a espaldas de su mujer. Se casó con Ritsuko en segundas nupcias.

RITSUKO KAJI

30 años. Novelista semirretirada que, desde su debut hace cinco años, no ha sido capaz de escribir su segunda obra. Se rumorea que es una mujer terrible cuyo éxito no fue más que flor de un día. Está investigando a las ocho mujeres a las que Aoi envió aquellas propuestas de matrimonio antes de suicidarse con el objetivo de escribir su nueva novela.

Mujer en paro que se ha asentado en casa de Koide. No parece tener ninguna intención de marcharse. No se sabe mucho de ella, pero, por increíble que parezca, en la investigación sobre las ocho mujeres demuestra una capacidad deductiva impresionante.

MAKI ÔMIYA

EMI NAKAJIMA

Estudiante de bachillerato y hermana pequeña de Aoi. Quiere resolver el misterio que se esconde detrás del suicidio de su hermano por su cuenta aprovechando que tiene su teléfono móvil.

LAS OCHO MUJERES

Conjunto de mujeres a las que Aoi propuso matrimonio poco antes de morir.

HIRARI AKIBA

Edad desconocida. Escritora de éxito a la que supervisa Koide. Fue una de las autoras de las que Kazufumi fue editor antes de dejar su trabajo en el departamento literario de un importante sello editorial.

KÔSUKE ANDÔ

Antiguo novio de Ritsuko Kaji de cuando esta iba a la universidad. Actualmente está casado y con hijos, al menos una niña, que se sepa. Considera a Ritsuko un "pájaro de mal agüero" y la causa principal de que la vida de Aoi se acabara torciendo.

Host de Osaka y antiguo compañero de Aoi cuando este trabajaba en el Club RIVER. Koide le entregó su Rolex a modo de empeño.

HAYATO

Amigo de Ritsuko que se suicidó justo antes de cumplir los 30 años. Es la persona que inspiró el personaje de "Aoi" de la novela debut de Ritsuko, *El país de la siesta*. Un halo de misterio lo rodea. ¿Por qué se declararía a ocho mujeres a la vez poco antes de morir?

ATSUSHI NAKAJIMA

Contents

saturn
return

"UN REPORTAJE SORPRENDENTE."
撃グラビア
"DE SU PINCEL NO BROTA MÁS QUE PASIÓN HACIA UN HOMBRE MUERTO."
死んだ男への情念が
"UNA NUEVA SERIE COMIENZA A PARTIR DEL PRÓXIMO NÚMERO."
男と女、死と性
次号より限界新連載
プロフィール
Capítulo 46
¿Y TÚ? ¿QUIÉN DIABLOS ERES?
¡CÓMO QUE QUIÉN SOY!
PUES YO. NISHI, DE LA CLASE 5.

No... ¿No sabes quién soy?
¡Claro que no sé quién eres! Increíble... Yo es que flipo con el ego de algunos...
¿"Pues yo"?
¿Qué forma de iniciar una presentación es esa? ¡¿Te crees que te conozco o qué?!
Vaya... Menudo bajón.
La verdad es que yo...
...Sí que te conozco.

¡OBVIO!
TODO EL MUNDO ME CONOCE.
SOY LA HERMANA DEL SUICIDA, AL FIN Y AL CABO.
¡AAAH...! YA ENTIENDO. ¿TÚ TAMBIÉN ERES HERMANO DE ALGUIEN QUE SE SUICIDÓ? ¿ES POR ESO POR LO QUE...?
NO. YO SOY HIJO ÚNICO.
SI TE CONOZCO ES POR OTRA COSA.
TÚ ERES LA MEJOR AMIGA DE YUKI HASEGAWA, ¿NO?

¿Qué quieres decir?
¿"A todos"?
Ya estamos... ¿Qué perra os ha dado ahora a todos por Yuki?
Lo siento. Ella y yo ya no somos amigas.
Por mucho que me preguntes, no voy a poder ayudarte. ¡Adiós!
RAAAS
¡¡Aaah!! ¡Qué pesado! ¡Déjame en paz de una maldita vez!
¡¿Por qué no os vais tú y todos los demás un poquito a la mierda?!

DIS-CULPE...
VA A TENER QUE PAGAR ESO.
¡¡YA LO SÉ!!
NO ME JOD... ¡¡NO TENGO DINERO!!
¡NO, O SEA...! ¡¡QUE LO TENGO EN CASA, QUIERO DECIR!!
¡¿LE IMPORTA QUE VAYA A BUSCARLO Y VENGA DESPUÉS A PAGARLE?!
DÉJELO. CÓBRESE LA REVISTA CON LO MÍO.
¿HM? ¿ESO HA SIDO TU ESTÓMAGO? ¿TIENES HAMBRE?
...

* Weekly Strike

ÑAM
FLAP
HMMM...
FLAP
"¡MILAGRO, PEDAZO DE CUERPO DE INFARTO!"
...
"¿ES UN PÁJARO? ¿ES UN AVIÓN? ¡NO, ES UNA COPA J!"
OYE, ¿NO TE PARECE QUE LA KAJI ESTA...?
¿...ES CLAVADITA A YUKI HASE-GAWA?
ÑAM
AGH... QUÉ ASCO DAIS...
¡¿POR QUÉ OS GUSTAN ESAS COSAS A TODOS LOS HOMBRES?!

¡NO ME LO RECUERDES!
POR CULPA DE ESA MALDITA CARA, HE PERDIDO TANTO A MI HERMANO COMO A MI MEJOR AMIGA.
YA, BUENO... NO SÉ SI TENDRÁ ALGO QUE VER CON LO QUE ESTÁS DICIENDO, PERO...
...DA LA CASUALIDAD DE QUE EL OTRO DÍA VI A HASEGAWA TIRAR UN LIBRO DE ESTA SEÑORA.
¡¿QUÉ?! ¡EL OTRO DÍA, ¿CUÁNDO?! ¡¿DÓNDE?!

* Parque de Senriyama Sur

OYE, TRANQUILÍZATE.
¿PARA QUÉ TE IBA YO A MENTIR? ¿QUÉ GANO INVENTÁNDOME NADA?
NO SÉ... DÍMELO TÚ. TE GUSTA YUKI, ¿ME EQUIVOCO?
AQUEL DÍA LA VISTE, PERO NO TUVISTE LO QUE HAY QUE TENER PARA ACERCARTE A ELLA Y HABLARLE.
POR ESO ME HAS ABORDADO DE ESA MANERA ANTES.
QUERÍAS QUE LA MEJOR AMIGA DE YUKI TE ECHARA UN CABLE PARA CONQUISTARLA, ¿NO?
PUES SIENTO SER YO QUIEN TE LO DIGA, PERO...
...YUKI SALÍA CON MI HERMANO ANTES DE QUE SE QUITARA LA VIDA. ESTABA COLADITA.
SE OBSESIONÓ TANTO CON ÉL QUE NO LE IMPORTÓ UNA MIERDA ECHAR POR TIERRA NUESTRA AMISTAD.

Si quieres, puedo enseñarte las fotos de Yuki que mi hermano guardaba en su teléfono.
No tienen nada que envidiar a las de la revista porno esa que estabas leyendo hace un rato con tanto entusiasmo.
¿Qué me dices? ¿Te animas a ver ese lado adulto y maduro de la cara de Yuki que tanto le gustaba a mi hermano?
Aunque bueno... Más que de Yuki, sería de Ritsuko Kaji.
A fin de cuentas, si mi hermano llegó a salir con ella fue solo porque su cara se parecía a la de esa escritora.
Oye, Nakajima... ¿Con todo esto...?
¿...Me estás queriendo decir que Hasegawa tuvo algo que ver con el suicidio de tu hermano?

Por cierto, ahora que caigo... Si ellos dos salían juntos...
...Tu hermano debía de tener nuestra edad más o menos, ¿no? ¿Era universitario o algo así?
¡¿Univer-sitario?! Qué va, para nada. Mi hermano rondaba ya los 30.
¡¿30?!
Como lo oyes... Repugnante, ¿no te parece?
¡¿Lo dices en serio?! ¡¿Hasegawa salía con un tío tan mayor?!
De todos modos...
...Incluso si está polémica relación supuso la gota que colmó el vaso para mi her-mano...

...EN EL FONDO, LA CULPA DE QUE SE SUICIDARA...
...LA TIENE ESA MISERABLE DE RITSUKO KAJI.
ELLA Y SU FUNESTA NOVELA MAL-DIJERON A MI HERMANO.
NAKAJIMA, ESCUCHA. YO... LO SIENTO.
TODO LO DE HASEGAWA Y EL LIBRO ERA MENTIRA. ME LO HE INVENTADO TODO.

PLAS
NO VUELVAS A DIRIGIRME LA PALABRA EN TU VIDA.
¡Guau!
¡Guau! ¡Guau!
¡Guau!

¡Guau!

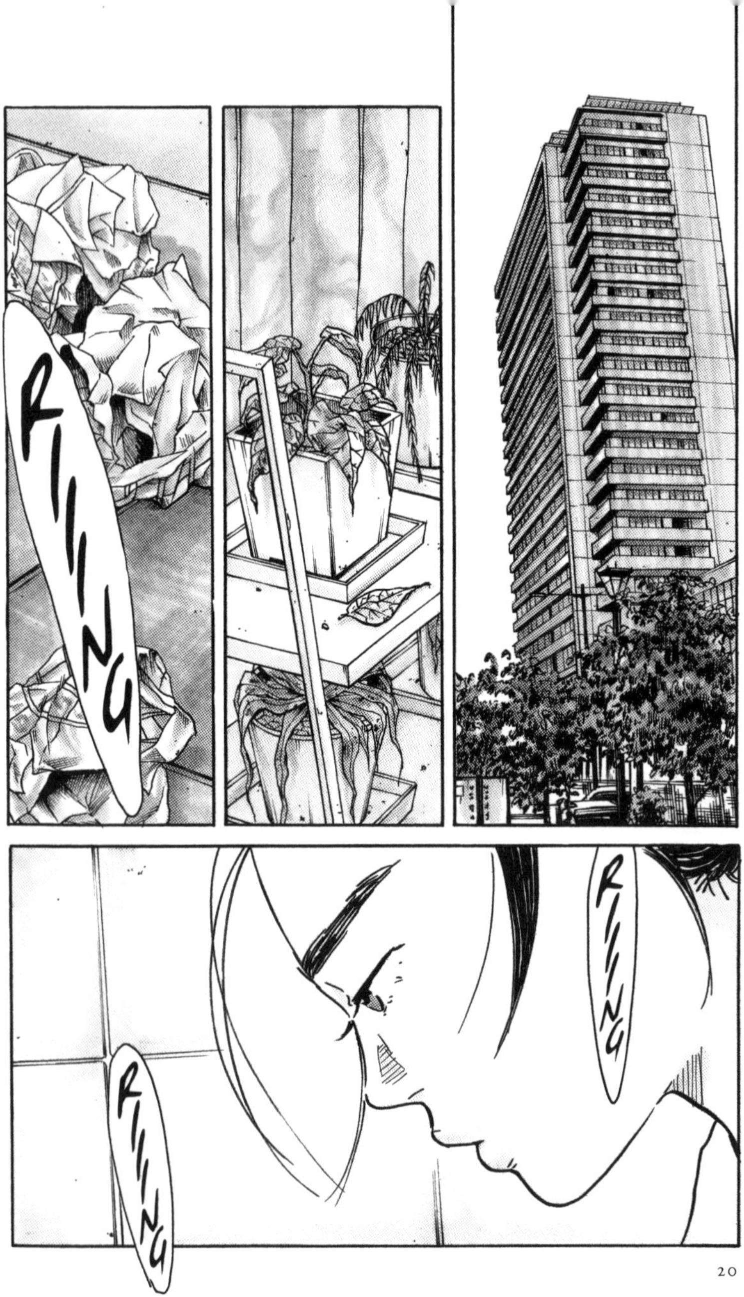
RIIING
RIIIING
RIIIING

RIIING
RIIING
¿Diga? Casa de los Noda.
Ah... Koide, eres tú.
¿Ahora?
Pues estaba escribiendo todo de nuevo, desde el primer capítulo. ¿Por?
¿Qué? Pero si ya hemos dado carpetazo a la primera parte. Está revisada, corregida y todo.
Ya, ya... lo sé. Si es por quedarme a gusto.
En fin, da igual. ¿Por qué llamabas? ¿Ha pasado algo?

¿QUÉ TAL LE ESTÁ YENDO A MI NUEVA OBRA? ¿HA LLAMADO LA ATENCIÓN MÁS DE LO ESPERADO?
TEC
PERO, SEÑORA KAJI... SI TODAVÍA NO SE HA EMPEZADO A PUBLICAR SIQUIERA...
SI LO DICE POR LA CAMPAÑA PUBLICITARIA... BUENO... DIGAMOS QUE, PARA BIEN O PARA MAL, LA REPERCUSIÓN HA SIDO... VASTA. MUY VASTA.
TAL HA SIDO LA MAGNITUD, QUE EL REDACTOR JEFE QUIERE QUE PUBLIQUEMOS DE MANERA CONJUNTA EL PRIMER Y SEGUNDO CAPÍTULO.
JA, JA, JA... ¿PARA BIEN O PARA MAL?
SÍ, YA SABE...
Buscar en Twitter
NO TODOS VEN CON MUY BUENOS OJOS...
...QUE UTILICE EL SUICIDIO DE ALGUIEN PARA SU TRAMA. VEN INMORAL QUE QUIERA FORRARSE A COSTA DE LA MUERTE DE OTRO.
KOIDE...
VOY A COMPRARTE UN ROLEX MEJOR QUE EL QUE TENÍAS ANTES.

UNO QUE, CUANDO LO EMPEÑES, TE DEN MUCHÍSIMO MÁS DINERO POR ÉL.
"RITSUKO KAJI ES FRÍA COMO EL HIELO"... ¡BUSCAR!
TEC
TEC TEC ¡TEC!
TEC
SEÑORA KAJI, SE LA ESCUCHA CON ECO.
NO ME DIGA QUE LA CASA DEL SEÑOR NODA ES COMO UN PALACIO DE GRANDE.
¿CÓMO? AAAH... NO, EL ECO NO ES POR ESO. ES QUE ESTOY METIDA EN LA BAÑERA.
¿EH? VAYA... LO SIENTO. NO SABÍA QUE...
TRANQUILO, NO TE SULFURES. ESTOY VESTIDA.
ES QUE ME HE ACORDADO...
...DE QUE ME CONCENTRO Y ESCRIBO MUCHO MEJOR CUANDO ESTOY AQUÍ DENTRO.

Vaya, no me diga... Por cierto, si está en casa... ¿Eso quiere decir que ahora mismo está viviendo con el señor Noda?
Después de todo lo que ha pasado entre ustedes dos, cuesta creer que hayan conseguido reconciliarse.
No, a ver... No es que sea algo imposible, claro está. Solo quería decir que a mí tampoco me importa si no...
Ya... A todo esto, ¿cómo lleva el siguiente capítulo? ¿Qué tiene pensado?
Koide, si te soy sincera, no lo sé. Apenas salgo de la bañera, así que... ni idea.
Es que, cuando estoy aquí dentro, me olvido de todo y de todos.
"Un buen sitio para comer fideos tantanmen"... ¡Buscar!
TECTEC
PAS
¡Koide...! Tienes una llamada.
Nos la han pasado desde la redacción de la Weekly Strike. Una de sus lectoras, por lo que se ve.
Es una mujer de Kansai tan ordinaria como un matón de barrio. Exige hablar con el responsable de Ritsuko Kaji.
Tiene a todos acobardados y no me extraña.

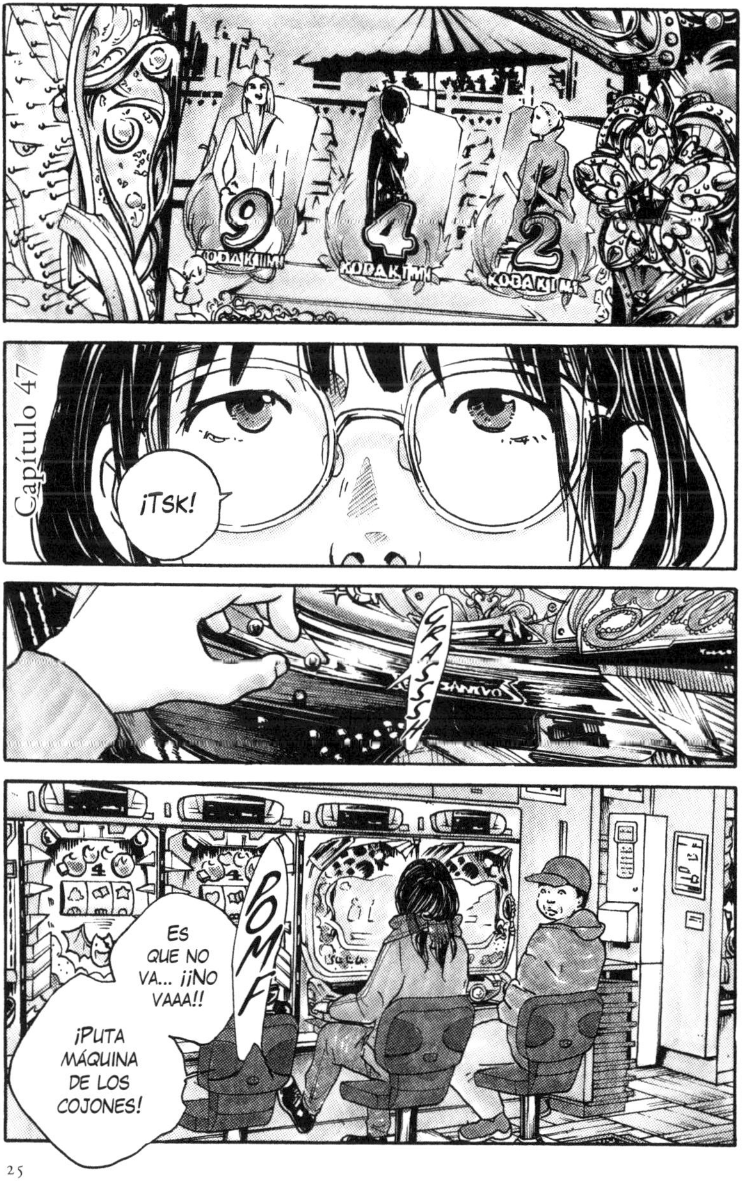
Capítulo 47
¡TSK!
GRASSSH
POMF
ES QUE NO VA... ¡¡NO VAAA!!
¡PUTA MÁQUINA DE LOS COJONES!

Capítulo 47

PARADE
PACHINKO & SLOT
PARADE
PARADE
PACHINKO & SLOT
PARADE
LADRONES DE MIERDA...
OJALÁ OS QUEMEN EL CHIRINGUITO A TODOS.

* Hombres y mujeres, muerte y sexo / Eiga Fujishiro / Perfil / "No sabía cuál era mi motivación como escritora".

URRRRRRRRRL
...
RIIIING
AGH... ME MUERO DE HAMBRE...
¿ME QUEDARÁ ALGÚN BOTE DE FIDEOS INSTANTÁNEOS?
LO QUE DARÍA POR UNOS TAKOYAKI AHORA MISMO...
¿DIGA? CASA DE LOS NODA.
¡¿SEÑORA KAJI?! ¡SOY YO OTRA VEZ!

YA LE DIGO QUE EL RAZONAMIENTO DE LA PERSONA QUE HA LLAMADO NO TENÍA NI PIES NI CABEZA, PERO, AUN ASÍ, HAY COSAS QUE DEBEMOS CONSENSUAR...
VALE, VALE.
ENTONCES, ¿POR QUÉ NO VIENES Y ME DAS LOS DETALLES? Y YA QUE ESTÁS... ¡PUEDES TRAERTE UNA RACIÓN DE TAKOYAKI?
YA... ¿Y NO SERÍA MEJOR QUE ME LLAMASES SOLO CUANDO ESTAS CUESTIONES SEAN REALMENTE IMPORTANTES?
NO, SI ESO PIENSO YO TAMBIÉN.
LO QUE OCURRE ES QUE MIS SUPERIORES ME HAN RECOMENDADO QUE LA MANTENGA AL TANTO. COMO ESTO PODRÍA DAÑAR SU REPUTACIÓN...
AFH... OYE, KOIDE. YA PODRÍAS DECIRME TODO DE GOLPE, ¿NO?
¡ES QUE LA LLAMO POR LA QUEJA TELEFÓNICA QUE ACABO DE ATENDER JUSTO AHORA!
AUNQUE, LA VERDAD... TAL Y COMO HA IDO LA CONVERSACIÓN, YO TAMPOCO LE DARÍA MUCHO CRÉDITO...

¡OOOH...! ¡MENUDA PINTA...!
POR CIERTO, KOIDE, ¿AL FINAL TE HA DADO TIEMPO DE COMPRARME LA BEBIDA TAMBIÉN?
LA VERDAD ES QUE, DESDE QUE HE VUELTO, NO LLEVO DEMASIADO BIEN NADA QUE TENGA QUE VER CON EL CUIDADO DE LA CASA, Y CLARO...
SÍ, AQUÍ TIENE. LA BOTELLA DE TÉ QUE ME HABÍA PEDIDO.
TOM
¿EH? PE... PERO, KOIDE... ¡¿ADÓNDE VAS CON UNA DE DOS LITROS?!
MADRE MÍA... ES IGUAL QUE LOS APERITIVOS EN CASA DE YOKOKAWA. CIERTAMENTE TIENES UN TALENTO DE LO MÁS PECULIAR PARA ESCOGER LAS COSAS...
JA, JA... YA, BUENO... EN CUALQUIER CASO, SEÑORA KAJI... ¿QUÉ TAL VAN LAS COSAS CON EL SEÑOR NODA?
IMAGINO QUE SI ESTÁN VIVIENDO DE NUEVO JUNTOS...
AUM
...ES PORQUE SÍ SE HAN RECONCILIADO, ¿NO?

No sé si la sigo, señora Kaji...
Si se refiere a que la situación entre ustedes es realmente complicada, ¿por qué han vuelto, entonces, a vivir bajo el mismo techo?
¿Pero qué dices? Si incluso los niños de primaria desean la muerte de aquellos con quienes se enfadan.
¿Eh? ¿Y no cree que deberían? Harían bien en seguir el ejemplo de los niños de primaria y hacer las paces.
¿Reconciliarnos? Qué va, en absoluto.
Ya sabe: el que se ha portado mal pide disculpas, el otro las acepta y le perdona... ¡Y todos tan contentos!
ÑAM
Hm... quién sabe...
GLUG
¿Por qué no pruebas a preguntárselo a él?
CACHAC

AH...
HOLA.
SE... ¡¡SEÑOR NODA!! ¡PERDONE QUE HAYA VENIDO SIN AVISARLE NI NADA!
¿ESTABAIS DE REUNIÓN? QUÉ TRABAJADORES...
¡SÍ, PERO LA VERDAD ES QUE YO YA ME IBA, ASÍ QUE...!
NO HACE FALTA QUE TE DES TANTA PRISA. ME IRÉ ENSEGUIDA.
SOLO HE VENIDO A COGER ALGO DE ROPA PARA CAMBIARME.
CRAC

GLUUG
GLUUG
GLUUG
FUOM
¿Y SE PUEDE SABER ADÓNDE VAS?
¿QUÉ PASA? ¿AHORA TE INTERESA LO QUE HAGO?
TAMPOCO ES QUE TENGA LA OBLIGACIÓN DE DECÍRTELO.
LA VERDAD ES QUE SÍ NOS INTE-RESA.
VERÁ, SEÑOR NODA...
SÉ QUE NO TENGO NINGÚN DERECHO A PREGUNTAR, PERO...
¿QUÉ SENTIDO TIENE SEGUIR CONVIVIENDO SI, POR LO QUE PARECE, NO SE PROFESAN NINGÚN AFECTO?

Bueno... Supongo que para ti carece efectivamente de sentido, pero, desde mi posición, me parecía lo más apropiado.
Por mucho que tenga una nueva publicación a la vuelta de la esquina, no podía dejar en la calle a una mujer que no tiene un solo yen ahorrado.
Aunque ella aún no haya orientado su vista del todo hacia su nuevo futuro...
...Yo ya he empezado a proyectar mi vida hacia el horizonte que ahora se extiende ante mí.
Estoy convencido de que ambos deseamos comenzar nuestros nuevos caminos de la mejor manera posible.
Por eso, hasta entonces, quiero portarme con ella de la forma más educada y amable que pueda.
¡¡AH!!
Pero si yo no quería echarles mayonesa...
Qué susto...
Bueno, ya se la ha puesto, así que no hay mucho que podamos hacer...
Jo... Es que estaba tan fascinada por la abrumadora amabilidad de Noda por los desfavorecidos que me he dejado llevar.
Jum... Con esa actitud... Me pregunto si de verdad serás capaz de terminar de escribir la novela.
Tengo puestas grandes expectativas en esto. En muchos sentidos.
No me decepcionéis, Koide.

¡OH...! ¿HAS ESCUCHADO, KOIDE?
VAMOS A TENER QUE PONER TODA LA CARNE EN EL ASADOR, ENTONCES.
LA QUE MÁS TIENE QUE ESFORZARSE ERES TÚ, RITSUKO.
JA, JA, JA... RAZÓN NO TE FALTA. TÚ DES-CUIDA, ESCRIBIRÉ HASTA QUE ME SANGREN LOS DEDOS.
BUENO, VOY TIRANDO. NO OS QUIERO MOLESTAR MÁS.
VALEEE.
¡ADIOOOS!
BLAM
CACHAC

¡PFT! JU, JU...
KOIDE, ¿TE HAS FIJADO EN LAS PEDAZO DE LEGAÑAS QUE TENÍA NODA?
¿EH? ¿LEGA-ÑAS?
SÍ, MADRE MÍA... CASI ME MEO DE LA RISA.
ÑAM
ÑAM
"YO YA HE EMPEZADO A PROYECTAR MI VIDA HACIA EL HORIZONTE QUE AHORA SE EXTIENDE ANTE MÍ".
¡¿CÓMO PUEDE SER TAN PEDANTE CON ESOS LEGAÑONES EN LOS OJOS?! ¡JA, JA, JA...!

Se centra tanto en controlar a los demás que ni se fija en su propia suciedad. Ve la paja en el ojo ajeno, pero no la viga en el propio. ¡Nunca mejor dicho! ¡Ja, ja, ja!
Así es él.
Pues yo no me he dado cuenta...
Hm... Pero, señora Kaji, ¿por qué le habrá dicho...?
¿...Lo de si sería capaz de terminar de escribir la novela? Parecía como si la estuviera provocando, como si llamara al mal tiempo.
No te creas. Para Noda, debió de ser importante que yo fuera una escritora fracasada.
Si sintió la necesidad de casarse conmigo, seguramente fue porque yo me veía incapaz de seguir escribiendo.
Es extraño viniendo de alguien que fue su editor.
Esto se está poniendo muy interesante. Tanto que me da un poco de pena que nos separemos.
Ju, ju... Pobrecillo... ¿Hasta qué punto quedará hecho pedazos?

AH...
SEÑORA KAJI, TIENE UN TROZO DE ALGA PEGADO EN LOS DIENTES.
YA, BUENO... ES LO NORMAL CUANDO COMES TAKOYAKI, ¿NO?
A TODO ESTO, KOIDE...
¿QUÉ ES ESO QUE DEBÍAMOS CONSENSUAR TÚ Y YO?
京都
Kyoto
高槻
Takatsuki
神戸
Kobe
箕面
PARADE
PACHINKO
CUATRO HORAS ANTES.

LO LAMENTO MUCHO, PERO EL EDITOR DE ESA PUBLICACIÓN NO SE ENCUENTRA EN ESTE DEPARTAMENTO. VERÉ QUÉ PUEDO HACER PARA PASÁRSELO Y ENTONCES PODRÁ...
¡DEJA DE HACERME PERDER EL TIEMPO Y PONME DE UNA MALDITA VEZ CON ALGUIEN QUE PUEDA PARAR ESTA MIERDA!
HOLA, SOY SHUNPEI KOIDE, EDITOR DE...
¡DÉJATE DE ROLLOS, ¿QUIERES?! ¡¿TÚ ERES EL EDITOR DE LA RETRASADA DE RITSUKO KAJI?! ¡¿EN QUÉ COÑO ESTABAS PENSANDO?!
CO...
¡¿CÓMO QUE EN QUÉ ESTABA PENSANDO?! ¿A QUÉ SE REFIERE CONCRETA...?
¡¿...ESTA BASURA DE PUBLICACIÓN?!
¡¿A QUÉ VA A SER?! ¡¿DE VERDAD ERES TAN INÚTIL QUE NO VES HASTA DÓNDE PUEDE HERIR A UNA PERSONA ?!
¿QUIERE DECIR QUE SE HA SENTIDO OFENDIDA CON...?
¡OBVIAMENTE, SHERLOCK! ¡¿ES QUE NO VES QUE RESULTA OFENSIVO A MÁS NO PODER?!
¡¿TE HAS GRADUADO EN UNA UNIVERSIDAD DE PUTA MADRE Y, AUN ASÍ, NO SABES DIFERENCIAR LO QUE ESTÁ BIEN DE LO QUE ESTÁ MAL?! ¡¿ERES TONTO O VIVES LEJOS?!
LE... ¿LEJOS...?

DISCÚLPEME, PERO SI PUDIERA DECIRME QUÉ PARTE ES LA QUE LA HA OFENDIDO TANTO EXACTAME...
¡YO CONOCÍA A ESE CHICO, ¿TE ENTERAS?!
¡NI TE IMAGINAS LA ANSIEDAD QUE SUPONDRÁ PARA MÍ SI HACÉIS LO QUE OS SALGA DE LA PUNTA DE AHÍ ABAJO Y PUBLICÁIS ESTA BAZOFIA! ¡PARAD ESTA MIERDA YA!
VA... VALE... ENTIENDO QUE ERA UN CONOCIDO SUYO... ¿QUÉ CLASE DE RELACIÓN MANTENÍA CON...?
¡Y A TI QUÉ TE IMPORTA!
¡A SANTO DE QUÉ LE REVELARÍA YO A UN MINDUNDI COMO TÚ INFORMACIÓN PERSONAL MÍA!
VERÁ... ES QUE PENSABA HABLAR CON EL JEFE DE REDACCIÓN Y LA PROPIA AUTORA SOBRE SU POSTURA.
NECESITARÍA ESA INFORMACIÓN PARA PODER PONERME DE NUEVO EN CONTACTO CON USTED.
FLAP
FLAP
FLAP
POR ELLO, SI PUDIESE EMPEZAR CONFIRMÁNDOME SU NÚMERO DE TELÉFONO Y SU NOMBRE COMPLE...
PTUT
Que te confirme sus datos para poder llamarla

HA COLGADO.
¿QUÉ HACEMOS AHORA?
POR EL MOMENTO, DEJEMOS EL AGUA CORRER Y, CON VISTAS AL FUTURO...
...AVISEMOS A LA SEÑORA KAJI Y CONSULTEMOS EL TEMA CON EL DEPARTAMENTO JURÍDICO POR SI HUBIERA QUE TRAZAR ALGUNA ESTRATEGIA.
¡¿AL DEPARTAMENTO JURÍDICO?! UF... ¿ES REALMENTE NECESA-RIO?
KOIDE, CUANDO SE TRABAJA CON UNA OBRA BASADA EN HECHOS REALES...
...LO PEOR QUE PUEDE SUCEDER ES QUE ALGUIEN NOS DEMANDE POR DIFAMACIÓN.
NO, SI LO SÉ, PERO...
AL MENOS ESTA VEZ PODRÍAMOS OLVIDARNOS, ¿NO?
AL FIN Y AL CABO, PARECE QUE SE QUEDARÁ EN UNA SIMPLE QUEJA TELEFÓNICA DE UNA SUPUESTA CONOCIDA.
POR MUY AGRESIVA Y AMENAZANTE QUE SE LA ESCUCHASE, NO ES QUE HAYA DEJADO CLARAS SUS FUTURAS INTENCIONES.

YO NO ESTARÍA TAN SEGURA DE ESO.
OJALÁ NO SEA ASÍ, PERO PODRÍA PERFECTAMENTE MANTENERSE EN SUS TRECE Y CREARNOS UN LÍO MONUMENTAL EN INTERNET.
¡¿QUÉ?!
¡PERO SI NO PARECE TENER PRUEBAS NI NADA QUE SUSTENTE SUS ARGUMENTOS! AUNQUE MONTE EL ALBOROTO DEL AÑO, POR AHORA ES SU PALABRA CONTRA LA NUESTRA.
TÚ MISMO LO HAS DICHO... POR AHORA.
SI INSISTE, PODRÍA ACABAR TOPÁNDOSE CON OTROS PILARES SOBRE LOS QUE CIMENTAR SU CRÍTICA A LA PUBLICACIÓN.
¿OTROS... PILARES?
SÍ. POR EJEMPLO...
PONTE EN EL CASO DE QUE ALGUIEN SE SUICIDARA POR CULPA DE LA NUEVA PUBLICACIÓN DE LA SEÑORA KAJI. ¡SE LO HABRÍAMOS PUESTO EN BANDEJA!
ZRAAAAS
OIGA, SEÑORA MUKÔDA, USTED DISFRUTA ATORMENTÁNDOME Y VIÉNDOME PASARLO MAL, ¿VERDAD? RECONÓZCALO.
TAN SOLO ESTOY TRATANDO DE EXPLORAR TODAS LAS POSIBILIDADES, NADA MÁS. CONSIDÉRALO UNA PRUEBA DE AMOR.

* *El país de la siesta* / Ritsuko Kaji

Capítulo 47 – Fin

saturn return

6

Capítulo 48

Hmf...
Hmf... Hmf...
Hmf...
NNNGH...
REX...
POR FAVOR, DEJA DE DESPERTARME JUSTO UN MINUTO ANTES DE QUE ME SUENE LA ALARMA...

"TE GUSTA YUKI, ¿ME EQUIVOCO?"
"NO TUVISTE LO QUE HAY QUE TENER PARA ACERCARTE A ELLA Y HABLARLE."
"QUERÍAS QUE LA MEJOR AMIGA DE YUKI TE ECHARA UN CABLE PARA CONQUISTARLA, ¿NO?"
Yuki Hasegawa
Lo siento.
Leído
No te disculpes
...
"NO VUELVAS A DIRIGIRME LA PALABRA EN TU VIDA."

Aaaah
QUÉ MAL...
"SU CARA SE PARECÍA A LA DE ESA ESCRITORA."
"L'A CULPA LA TIENE ESA MISERABLE DE RITSUKO KAJI."
TEC
¿DE VERDAD ES LA RESPONSABLE DE TODO ESTO?
VEAMOS... "RITSUKO KAJI".
TEC
¡BUSCAR!
Si en 10 días no han cancelado la publicación, me suicidaré. #Difusión #RitsukoKaji #NuevapublicacióndelaWeeklyStrike
1509
782

* N.D.T.: El joven se presentó como Nishi, que en japonés significa “oeste”. Por eso, Emi, para burlarse, está usando nombres que también se traducen como puntos cardinales, como son *Higashi* (“este”) y *Minami* (“sur”).

Auhm
UUUGH...
MOR

水道橋
Suidobashi
301
浅草橋
Asakusabashi
靖国通り
150m

Destacado
La mujer que adelantó al sonido y a la luz
@fk_0322
Si en 10 días no han cancelado la publicación, me suicidaré.
#Difusión #RitsukoKaji
#NuovapublicacióndelaWeeklyStrike
1509
Usamaru @usamaru
¿Va en serio? Acab
267
98
Black Makiko @bkmkmk_8
La que se está liando con la amenaza suicidio. #RitsukoKaji
ES ELLA... ESTO NO PUEDE ESTAR PASANDO...
HA SUCEDIDO LO PEOR, TAL Y COMO PREDIJO LA SEÑORA MUKÔDA.
NO ES JUSTO...
YO AQUÍ SUFRIENDO Y TODOS EN LA REDACCIÓN SIGUIENDO SU RUTINA COMO CUALQUIER OTRO DÍA NORMAL DE LA SEMANA...
KOIDE...
OH, NO... ¡¡FUKUDOME, EL PORTADOR DE DESGRACIAS DE LA WEEKLY STRIKE, VIENE A PONER LA GUINDA AL PASTEL...!!
YO QUE TÚ DEJABA ESOS CARAMELOS. ACABARÁN SACÁNDOTE TODOS LOS EMPASTES SI TE DESCUIDAS.
EN FIN... A LO QUE IBA. VEN CONMIGO, HANASHIMA QUIERE QUE HABLEMOS DE LA QUE SE NOS VIENE ENCIMA CON EL TWEET VIRAL ESE.
"DETENER"...

...Que de verdad exista la posibilidad, por pequeña que sea, de que esta mujer se suicide...
Sí, bueno... No hay nada de malo en que sea controvertido y se hable del tema, pero...
Es triste decirlo, pero, pensando en los riesgos que puede acarrear, no tenemos otra opción.
¿Con eso se refiere...?
¿...A cancelar del todo la publicación?
Pero, señor Hanashima...
¡Si nada de lo que afirma tiene fundamento alguno! No es lógico que por algo así...
Exacto, tú lo has dicho. Con esto nos estamos moviendo en los "límites de la lógica", es como estar sobre arenas movedizas.

Este trabajo nos permite escribir lo que queremos y lanzarlo al mundo solo porque, a cambio, debemos responsabilizarnos y arreglar...
...todos los entuertos que crean nuestras publicaciones al caer en el lugar equivocado. De ahí mi precaución.
¿Habla en serio, señor Hanashima?
¿Qué será de nosotros si nos convirtiésemos en una editorial con miedo a publicar?
¡¿Acaso no forma parte de nuestro derecho a la "libertad de expresión"...?!
¡¿...Estar dispuestos a seguir escribiendo aun cuando existe oposición a nuestro trabajo?!
Pues claro que sí.
Pero eso no quita que todo aquel que escriba o publique tenga que estar preparado para encarar las reacciones y las críticas de sus lectores.
Cuando alguien se suicida por culpa de tus palabras, tú tienes que cargar con esa responsabilidad.
Dime, Koide, ¿ves a Ritsuko Kaji preparada para soportar ese peso sobre sus hombros?

"PERO... ¿Y SI, EN REALIDAD, EN LA NOVELA...?"
"¿...LE ORDENÉ ENTRE LÍNEAS QUE SE SUICIDARA? ¿QUÉ HARÍAMOS ENTONCES?"
LA... LA SEÑORA KAJI...
¡ELLA ESTÁ COMPROMETIDA AL MÁXIMO CON EL PROYECTO Y SE ESTÁ DEJANDO LA PIEL ESCRIBIENDO!
OYE, KOIDE, ME SORPRENDE TU ENTUSIASMO Y TU FE CIEGA EN ELLA.
AL PRINCIPIO, CON LO DE LA SESIÓN DE FOTOS Y TAL, NO SE TE VEÍA TAN CONVENCIDO. ¿ES QUE HA PASADO ALGO?
TENER QUE SUSPENDER UNA PUBLICACIÓN SIEMPRE ES ALGO DURO Y FRUSTRANTE.
¿POR QUÉ NO TE CALMAS UN POCO, EH?

Ah... pues, si en esas estamos...
...Cancelamos todo y punto.
¡¿Que cancelemos todo y punto?! ¡¿Cómo puede decir eso?!
¿Y qué quieres que diga? Hay una vida en juego...
De todos modos, Koide... ¿De verdad me estás diciendo que cuando alguien te dice "quiero comer sushi", esto es lo primero que se te ocurre traerle?
Lo... Lo siento muchísimo...
Señora Kaji, perdóneme. Después de haber sacrificado tanto...
...Y haber trabajado hasta desfallecer, que todo se haya ido al traste de esta forma...

BURP
TAMPOCO ES COMO SI FUERA A DEJAR QUE TODO SE VAYA AL TRASTE, HOMBRE.
FUOMF
¡¿QUÉ?!
GLUG
GLUG
GLUG
...
ÑOM ÑOM
...
ÑOM ÑOM
¿CUÁL ES EL PROBLEMA? QUE LA MUJER ESA NOS ESTÁ AMENAZANDO CON SUICIDARSE, ¿NO?
BUENO... SÍ...
¡PUES ENTONCES, ESTÁ CLARÍSIMO LO QUE TENEMOS QUE HACER!
PERO, SEÑORA KAJI...
¿NO HA ESCUCHADO LO QUE LE ACABO DE DECIR?
EL REDACTOR JEFE EN PERSONA HA DICHO QUE LA PUBLICACIÓN ESTÁ...

BASTA CON QUE CONSIGAMOS QUE SE RETRACTE Y RETIRE ESO DE QUE SE VA A QUITAR LA VIDA.
¡¡PUES CLARO!! ¡¡QUÉ IDEA TAN SENSACIONAL!!
¡¿Y QUÉ MARAVILLOSO PLAN SE LE HA OCURRIDO PARA LOGRAR TAL HAZAÑA?!
FWOSH
¿A MÍ? NINGUNO.
KOIDE, ANÍMATE. "QUIENES MÁS ABUSAN DE LA EXCUSA DE MORIRSE SON PRECISAMENTE LOS QUE MENOS GANAS DE MORIR TIENEN". ¿RECUERDAS?
YA, PERO LA COSA ES QUE AOI TAMBIÉN SOLÍA ABUSAR DE ESA EXCUSA Y AHORA ESTÁ MUERTO, ¿NO?
AH, PUES TAMBIÉN ES VERDAD...
PERO NO ME DÉ LA RAZÓN...
NO DECAIGAS, HOMBRE. RESULTA MÁS QUE EVIDENTE...
...QUE ESTA PERSONA QUIERE QUE LA DETENGAMOS.

¿Por qué no probamos a contestar y decirle algo?
¡Espere! ¡Señora Kaji, ¿qué está haciendo con mi teléfo-no?!
¡Estese quieta, por favor! No le responda.
Hm... Imposible. Por mucho que quiera no puedo...
Si ya lo sé, pero es que...
¿Hm? ¡¡Aaah!!
...Seguro que entra al trapo.
Estoy segura de que es del tipo de perso-na que tiene la mecha muy corta. Si le picamos un poco...
¿Qué te apuestas a que nos salta a la yugular en cero coma?
Me juego lo que quie-ras.
¿Eeeh?
Escribamos en la cuenta oficial de la Weekly Strike que el inicio de la publicación se pospone.

¿Y QUÉ HACEMOS CON LA PUBLICACIÓN SI AL FINAL NO CAE EN SU PROVOCACIÓN?
VAMOS A VER, KOIDE... ¿TÚ HAS VISTO BIEN LA IMAGEN DE PERFIL QUE TIENE? DERROCHA INSOLENCIA POR LOS CUATRO COSTADOS.
¿Y QUÉ ME DICES DEL NOMBRE TAN PECULIAR QUE SE HA PUESTO?
ES OBVIO QUE ES UNA CULO INQUIETO INCAPAZ DE ESPERAR UN SOLO SEGUNDO A QUE LE HAGAN CASO.
Seguir
La mujer que adelantó al sonido y a la luz
@fk_0322
Robot humanoide paranoico
Se unió en noviembre de 2015
851 Seguidores
Multimedia
Me gusta
¿NO VES QUE PUBLICÓ EL *TWEET* POR LA NOCHE APENAS UNAS HORAS DESPUÉS DE COLGAR ELLA MISMA LA LLAMADA QUE HABÍA HECHO A LA REDACCIÓN?
LE BASTÓ POCO Y NADA PARA GANARSE UNOS CUANTOS SEGUIDORES EN SU CUENTA CON LA AMENAZA DE SUICIDIO.
O ESTÁ MAL DE LA CABEZA...
...O ES UN PRODIGIO DE LA COMUNICACIÓN.
SEA LO QUE SEA, DE MOMENTO LE DOY UN ME GUSTA Y LA SIGO, ¿VALE?
POR MUCHO QUE LO DIGA POR LO BAJINI, LA HE OÍDO PERFEC...
¿EH? ¡¿LE HA DADO A ME GUSTA Y LA HA SEGUIDO?!
MIRA. ¿VES LO QUE TE DECÍA?

La mujer que adelantó al sonido y a la luz
Tweets Tweets y respuestas Multimedia
La mujer que adelantó al sonido y a la
@fk_0322
Los seguidores me están subiendo co
5
101
La mujer que adelantó al sonido y a la luz
@fk_0322 ...
Si en 10 días no han cancelado
la publicación, me suicidaré.
ES DEL TIPO DE PERSONA QUE SE ALEGRA A LA MÍNIMA QUE ALGUIEN LE PRESTE UN POCO DE ATENCIÓN.
EN EL FONDO SE HA DE SENTIR MUY SOLA.
AQUÍ LA PEÑA TAN SOLO QUIERE VER CÓMO LA PALMA OTRA PERSONA.
SI ES QUE ESTÁ CLARO QUE TWITTER ES LA MAYOR PUTA MIERDA QUE EXISTE. PANDA DE ALIMAÑAS...
¿ES QUE NO HAY NI UN TÍO QUE VALGA LA PENA?

FLIP
Cardo.
FLIP
Uno chocho...
...y sin un duro.
FLIP
¿Hm? Este es viejo, pero...
Yôhei (40 años)
¡Te invito a sushi!
Empresario
...Tiene pinta de estar podrido de dinero.
PLIN
Mensajes sin leer
Yôhei
¿Qué haces esta noche, guapa?
Yôichi
Me das tu LINE?
Sanpei
¡Encantado! ♪ Me llamo...
TEC TEC
TEC
Qué ham-breee...
¡Quiero sushi...!

FRM FRM FRM FRM
¡UH-UH-UUUHM! ♪
EL DE VENTRESCA DE ATÚN, EL DE SARDINA...
VAYA PINTA... SE NOTA POR QUÉ ES DE LOS MEJORES RESTAURANTES DE SUSHI DEL PAÍS.
¡SUSHI, SUUUSHI...!
¡VOY A ZAMPAR HASTA REVENTAAAR!
Revista Weekly
@syusuto_online
¡¡Las tendencias más actuales y las noticias más jugosas de la semana!!
¡Nuevo número cada miércoles!
437 Siguiendo 267.721 Seguidores
Tweets Tweets y respuestas Multimedia Me gusta
Revista Weekly Strike @syusuto_online
Queridos lectores, os hacemos llegar el siguiente comunicado con respecto a la nueva publicación
QU... ¡¿QUE LA POSPONEN?! ¡¿NO LA PIENSAN CANCELAR?!
¡¿QUÉ PUTÍSIMA MIERDA ES ESTA?!

Si en 10 días no han cancelado
la publicación, me suicidaré.
#Difusión #RitsukoKaji
POR MUCHO QUE DIGA ESTO...
¿QUÉ ES LO QUE PRETENDE CONSEGUIR?
AUNQUE, SI LOGRA HACERLE LA VIDA IMPOSIBLE A RITSUKO KAJI, ESO QUE ME LLEVO...
FRUUUM

¿EMI NAKAJIMA?
SÍ... ¿POR QUÉ?
SUBE, ANDA. CHARLEMOS UN RATO.
HABLEMOS DE TU HERMANO ATSUSHI...
La mujer que adelantó al sonido y a la luz
@fk_0322
...Y DE LA MUJER QUE HA PUBLICADO ESTE TWEET.
TE MUERES DE GANAS DE SABER DE QUÉ VA EL ASUNTO, ¿VERDAD?

Capítulo 49

¿Emi Nakajima?
Sube, anda. Charlemos un rato.
¿Y tú de dónde sales?
Mejor hablemos...
...Los tres.

Capítulo 49

GOGO'S
RESTAURANT
ANTES DE NADA...
...ME GUSTARÍA DEJAR CLARO...
...QUE ME PARECE MORALMENTE REPROCHABLE...
...QUE INVITES A UNA MENOR A SUBIRSE A TU COCHE.
BUENO... EN MI DEFENSA DIRÉ QUE ENTRAR EN UN ESTABLECIMIENTO CON UNA CHICA EN UNIFORME TAMPOCO ME PARECÍA LO MÁS APROPIADO.
Y CON EL FRÍO QUE HACE NO PODÍAMOS SIMPLEMENTE QUEDARNOS A HABLAR EN MEDIO DE LA CALLE.

De todos modos, comprendo que a ti, como su novio, te haya podido molestar.
¿¡EH?!
¡No es mi novio! Vamos... ¡¡Es que ni por asomo!!
Soy Nishi, de la clase 5.
Déjate de tonterías y contesta.
¡¿Qué es esto?!
¡¿Hm?! No hace falta que me lo plantes en la cara...
Antes me has dicho que me hablarías de esto.
Vamos, cuéntame todo lo que sepas sobre mi hermano y esta mujer.
¿Qué es eso de que "es la única que sabe la verdad acerca de la muerte de Aoi"?
¿Cuál es la "verdad" sobre mi hermano de la que tanto presume?

¿Qué es lo que pretende con todo este pifostio que ha montado?
¡¿Quién es?! ¡¿Cuántos años tiene?! ¡¿En qué trabaja?!
¡¿Dónde vive?!
¿Hasta eso quieres saber? Vas a por todas, ¿eh?
No sé el lugar exacto, pero su casa se encuentra en Takatsuki.
Desde aquí, en coche, serán unos 20 minutos.
En cuanto a la edad... Unos 23, diría yo.
Es una joven un tanto depresiva, está en el paro y es adicta al pachinko.
¡Oh...! Veo que la conoces muy bien.
Pues venga... ¿Por qué no la llamas de una vez?
Por desgracia, no puedo. No tengo su contacto.
Tan solo es una chica que conocí en una de esas aplicaciones para ligar.

Tu hermano me la levantó.
No, yo conocí a Nozomi un año antes de que ellos dos se juntaran por primera vez.
Entonces, ¿mi herma-no también la conoció a través de esa aplica-ción? ¿Es eso?
Voy a por otra bebida. Si me per...
Se me ha acaba-do...
SRRRP
¡TONC!
Continúa.

Verás...
Nakajima sí que tenía su número.
Me gustaría evitar que una chica que me gustaba se quitara la vida...
...Así que, si me dejases echar un vistazo al teléfono de tu hermano, te lo agradecería mucho.
En verdad, con que me lo dictes me vale.
A partir de ahí ya veré yo cómo me las apaño para conseguir que entre en razón y se olvide de todo esto del suicidio.
Perdona por haberte atraído con el pretexto de darte información cuando, en realidad, era yo el que la buscaba.
Descuida. A decir verdad, yo también lo siento. No creo que pueda darte lo que buscas.
Aparte de los últimos correos que envió, el teléfono de mi hermano no es que tenga muchos más datos guardados.
¡Ah, ya sé!
En ese caso, ¿por qué no pruebas a contactar con ella de nuevo usando la aplicación?
Imposible.
Una vez se cancela el *match* por alguna de las dos partes, el propio sistema no lo permite.

¡¡NISHI DE LA CLASE 5...!!
¿EH? QU... ¿QUÉ QUIERES?
ESTÁS DE SUERTE. ESTOY DISPUESTA A PERDONARTE LA MENTIRA DEL OTRO DÍA Y QUE HOY ME HAYAS ESTADO SIGUIENDO CUANDO VOLVÍA A CASA.
¡¡CRÉATE UN PERFIL EN ESA APLICACIÓN DE CITAS!!
¿EH? PERO...
YO NO PUEDO HACER ESO, SOY MENOR.
EL CHAVAL TIENE RAZÓN.
Se necesita certificar la edad con un carné...
¡¿Y, ENTONCES, DE QUÉ DEMONIOS ME SIRVES, NISHI DE UNA CLASE QUE NO ES LA MÍA?!
PUES... NI YO MISMO SABRÍA DECIRTE...
NO LO PAGUES CON ÉL. AUNQUE VOLVIÉSEMOS A REGISTRARNOS...
...LOS NOMBRES Y DEMÁS DATOS SE PUEDEN CAMBIAR A PLACER...
...Y, DEL MISMO MODO...
...NOZOMI PODRÍA PERFECTAMENTE HABER DEJADO DE USAR LA APLICACIÓN HACE TIEMPO.
ADEMÁS, INCLUSO SI AÚN SIGUIERA USÁNDOLA, NO HAY FORMA DE GARANTIZAR QUE VOLVIÉRAMOS A CONSEGUIR SU MATCH EN EL NUEVO PERFIL.

PLON♪
¡AQUÍ ESTÁ, HA PUBLICADO UN NUEVO TWEET!
A VER POR DÓNDE NOS SALE AHORA...
¿ES COSA MÍA O LO ESTABAS ESPERANDO CON AN-SIAS...?
TEC
...
PERO... ¿Y ESTO?
La mujer que adelanto
luz @fk_0322
Dado que no van a cancelar la publicación, al menos me daré un buen atracón de sushi antes de morir.
#RitsukoKaji
#WeeklyStrike
#DAY9
¡¿ESTÁ COMIENDO SUSHI?!

¿Y ESTO QUÉ DIABLOS SIGNIFICA?
¿LA ÚLTIMA CENA?
"ESCRIBAMOS EN LA CUENTA OFICIAL DE LA WEEKLY STRIKE QUE EL INICIO DE LA PUBLICACIÓN SE POSPONE."
"¿QUÉ TE APUESTAS A QUE NOS SALTA A LA YUGULAR EN CERO COMA?"
La mujer que adelantó al sonido y a la luz
La mujer que adelantó al sonido y a la luz
La mujer que adelantó al sonido y a la luz
@fk_0322
Dado que no van a cancelar la publicación, al menos me daré un buen atracón de sushi antes de morir.
#RitsukoKaji
#WeeklyStrike
#DAY9
¡UAAAH! SUSHI... QUÉ ENVIDIA...
ÑOM
¡YO TAMBIÉN QUIE-ROOO...!
OYE, TÚ... ¿TE ACABAS DE COMER EL ÚLTIMO HUEVO QUE QUEDABA?

Maki, por cierto...
Si me dijeras "Quiero comer sushi" y yo solo te trajera de los enrollados con alga nori, ¿te enfadarías conmigo?
Huy... No lo sabes tú bien. Me molestaría tanto que los juntaría todos y te obligaría a tragarte el cilindro de golpe.
Hm... Así que este es el tipo de sushi...
...Que una persona se come sola antes de morir...
Te equivocas, Shun. Ella no está sola.
¡¿Qué?! Entonces, ¿está en una cita ahora mismo?
¡Pues claro! ¿De verdad que no lo ves?
Mira la barra. Por la madera se puede saber fácilmente que, sin ser de lujo, es un restaurante de nivel.
Es el típico establecimiento de buena calidad al que llevas a alguien con quien te quieres acostar.
Aquí, fíjate bien.
FRUM

Es un tweet con mensaje oculto.
Al lado de la botella de cerveza se entrevé un segundo vaso.
¡Oye!
¡Pero si no está sola! Fijaos bien.
Ostras... Es verdad. No fastidies...
Esto nos lleva a la siguiente pregunta... ¿Con quién podría estar comiendo un sushi tan caro una mujer en paro como ella?
No sé... ¿Su novio? ¿Sus padres, quizá?
¡¿En serio crees que alguien con pareja o que se lleve bien con su familia anunciaría su suicidio en redes sociales?!
Afh... Esto quiere decir que Nozomi sigue usando la aplicación, ¿no? Vaya, pues podría haber...
¡¡No es momento de lamentarse y venirse abajo!!
¡Debemos llegar hasta el fondo de este asunto y encontrarla para que me pueda contar la verdad acerca de la muerte de mi hermano!

YA SABES... RITSUKO KAJI, LA "PRINCIPAL CULPABLE" DE TODO.
LA PERSONA QUE TÚ TANTO DETESTAS Y A LA QUE ESTA MUJER TRATA DE DESTRUIR.
ESPERA... ¡¿NOSOTROS TRES?! PERO SI YA APENAS PODEMOS HACER NADA MÁS...
¿Y SI COMPARTIMOS LO QUE SABEMOS CON ELLA?
¡¿ESTÁS DE COÑA?! ¡¿POR QUÉÉÉ?!
EL NÚMERO DE TELÉFONO AL QUE LLAMA NO SE ENCUENTRA DISPONIBLE EN ESTOS MOMENTOS.
PAM
CAL...
CÁLMATE...
¡¿CÓMO ES POSIBLE QUE ESA DICHOSA ESCRITORA DE TRES AL CUARTO NUNCA ESTÉ DISPONIBLE CUANDO SE LA NECESITA?!

¡OOOH...!
CHAS
¡¡ESTOS TROZOS DE ERIZO DE MAR SON ENORMES!!
OYE, LLEVO UN RATO PREGUNTÁNDOMELO... ¿POR QUÉ NO PARAS DE HACER FOTOS?
SIENDO TAN JOVEN, IMAGINO QUE SERÁ PARA SUBIRLAS AL INSTAGRAM ESE, ¿NO?
JU, JU, JU, JU, JU...
NADA DE ESO. DIGAMOS QUE... ESTOY DEJANDO REGISTRO DE MI VIDA.
AHORA QUE CAIGO... ¿EL NOMBRE QUE USAS EN LA APLICACIÓN ES TU NOMBRE DE VERDAD? ¿TE LLAMAS NOZOMI?
SÍ, ¿POR? ¿ES RARO QUE USE MI NOMBRE REAL?
EN ABSOLUTO.
AUNQUE... SÍ QUE ES CIERTO QUE MUCHAS CHICAS OPTAN POR USAR SEUDÓNIMOS EN LAS APLICACIONES PARA LIGAR. SE VE QUE LES DA MIEDO USAR EL SUYO PROPIO.

¿Miedo? ¿Qué es lo que las asusta tanto?
Pues... Imagino que toparse con algún tipo extraño con intenciones perversas, ¿no?
Ah... Pero yo, a diferencia de esos tipejos, soy todo un caballero, ¿eh?
Se te ve, se te ve.
TEC TEC
De todos modos, ¿qué es lo peor que podría pasar? ¿Que te droguen, te violen y, al final, te maten? Pues ya ves tú...
¡¡Jaaa, ja, ja, ja, ja, ja!!
Eres una chica de lo más peculiar, ¡eh, Nozomi?
¿Tú crees? Pues yo me veo de lo más normalita... ¿No te gusta que sea así?
¡Qué va, al contrario! Me encantan las jovencitas con personalidades únicas y extravagantes.
Ah, bueno... Y si, encima, tienen buena delantera... ¡Ya ni te cuento!

DIME, NOZOMI, ¿QUÉ COPA DE SUJETADOR USAS TÚ?
¡LA DE QUE TE FOLLEN!
¡LA COPA F!
JU, JU... ¿LO PILLAS? LA F DE "FOLLAR".
¡JU, JU, JU, JU, JU, JU!
OOOH... ¡¿LA F?!
¡PUES SÍ QUE LAS TIENES GRANDES!
JU, JU, JU... SE TE VE ENTUSIASMADO.
¡COMO PARA NO ESTARLO!
NOZOMI, ME PIRRAN LAS CHIQUILLAS COMO TÚ.
YA SABES... ASÍ. RARITAS Y CON SU PUNTILLO TRAVIESO.
PAT
CONOZCO UN SITIO MUY CHULO CERCA DE AQUÍ. ¿POR QUÉ NO VAMOS CUANDO ACABEMOS DE CENAR?

EL SUSHI ESTABA BUENÍSIMO, ¿VERDAD?
FRUU
¡GENIAL! ¡JEFE, DE GRASA DE CANGREJO, DE ALMEJA Y DE HUEVAS DE BACALAO! ¡AH, Y OTRA CERVEZA, POR FAVOR!
SÍ, SÍ... DE LO MEJORCITO. ¿LA ÚLTIMA RONDA Y NOS VAMOS?
CLARO... NO VEO POR QUÉ NO.
PLIC
¡OÍDO!
YO VOY A CAMBIARLE EL AGUA AL CANARIO, ¿VALE, NOZOMI? VUELVO EN UN PISPÁS. ♪

CRIS CRIS
CRIS CRIS
SASSS
Y, AUN ASÍ, HAS HECHO QUE ME SIENTA SOLA...
TEN, PARA COMPENSARME TE LA VAS A TENER QUE BEBER TODA TODITA.
ÑUG
¿HAS VISTO? ¡EN UN VISTO Y NO VISTO! JA, JA, JA...
QUÉ REMEDIO... SI ES LO QUE MI NOZOMI QUIERE... ♡
ULULU
ULULU

Aquí tiene el de grasa de cangrejo y el de huevas de bacalao.
Madre mía... Pues sí que tienes buen saque. Quién lo diría...
CHAS
Sí, bueno...
Piensa que ahora tengo que conseguir toda la energía que pueda para después.
Para **después**, ¿eh?
¡Qué güenooo...!
¿Diga?

Capítulo 49 – Fin

Capítulo 50

SEGÚN EL CHIVATAZO...
...ESA MUJER SUELE QUEDAR A MENUDO CON HOMBRES QUE CONOCE A TRAVÉS DE UNA APLICACIÓN PARA LIGAR.
ES POR ESO POR LO QUE VOY A ABRIRME EL PERFIL, PARA HACER DE CEBO Y TRATAR DE LLEGAR HASTA ELLA DE ESA MANERA.
SI PROCURO QUE NUESTROS GUSTOS COINCIDAN, CREO QUE ES MUY PROBABLE QUE NOS EMPAREJEN Y ACEPTE EL *MATCH*.
¡¡JUAAA, JAAA, JA, JA, JA, JA!!
¿SEÑORA KAJI? EHM... ¿Y ESA CARCAJADA?
¿ES QUE HE DICHO ALGO SUMAMENTE GRACIOSO?
AY... NO, PERDONA.
TÚ NO ERES TAN GRACIOSO, KOIDE. NO ME HAS HECHO REÍR ASÍ NI UNA SOLA VEZ, DESCUIDA.

OIGA, SEÑORA KAJI...
DÍGAME UNA COSA... ¿PRETENDE VIVIR EL RESTO DE SUS DÍAS EN ESA BAÑERA?
ÚLTIMAMENTE ME HE VUELTO ADICTA A UNO QUE SE LLAMA UNA LUZ EN LA NIEBLA: DANGEROUS NIGHT TOWN TOKYO. LAS PARTES EN LAS QUE PARTICIPAN LOS OYENTES NO SÉ LO QUE TIENEN, PERO SON PARA ARTE DE LA RISA, ASEGURO.
SI HABLA TAN RÁPIDO NO LA ENTIENDO.
NO SABÍA QUE ESTE TIPO DE TRANSMISIONES PUDIERAN SER ASÍ DE TRONCHANTES.
ES POR EL PROGRAMA DE RADIO QUE ESTOY ESCUCHANDO.
NO SÉ TÚ, PERO YO NO ESPERABA MENOS DE NUESTRO QUERIDO BODHISAITVA DE LOS MOCOS COLGANDEROS.
LA VERDAD ES QUE, AHORA MISMO, SON LA ÚNICA FUENTE DE DIVERSIÓN QUE TENGO.
GRACIAS POR ESCRIBIRNOS SIEMPRE. BIEN, VAYAMOS CON EL SIGUIENTE MENSAJE.
PUES CLARO QUE NO ESTOY A GUSTO...
¿PIENSA SEGUIR ASÍ, A MEDIAS TINTAS? NO ME CREO QUE ESTÉ A GUSTO TAL Y COMO ESTÁN LAS COSAS.
SU FUTURO CON EL SEÑOR NODA, SU PASADO CON AOI...

BARRIO DE KITA, OSAKA.

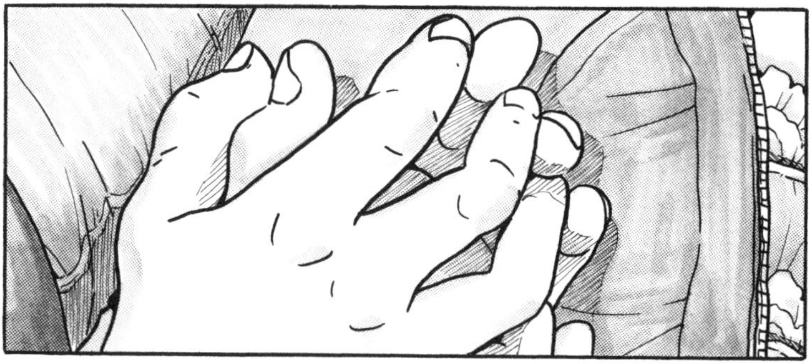

OYE...
TE ESTÁS DURMIENDO. ¿NO HABRÁS BEBIDO DEMASIADO?
NO...
ES... ESTOY...
...BIEN...
PUES A MÍ NO ME LO PARECE. ¿NO SERÁ MEJOR QUE LO DEJEMOS PARA OTRO DÍA?
¡¿OTRO DÍA?! ¡¿PERO TÚ SABES CUÁNTO ME HE DEJADO EN *SUSHI* ESTA NOCHE?! ¡TÚ NO TE ESCAPAS!
¡JA, JA! PUES VAYA.
SEÑOR CONDUCTOR, ¿LE IMPORTARÍA DEJARNOS EN ESE HOTEL DE AHÍ?

* Hotel Elisabeth
¿Seguro que vas a poder? Si apenas te tienes en pie.
Ju, ju, ju...
Que sí, tú no te preocupes. Me fallarán las piernas, pero lo del medio... Jua, jua... Eso está más que preparado para el combate.
Venga, Nozomi. Dame un besito.
HOTEL
エリザベス
HOTEL
エリザベス
HOTEL
エリザベス
P
Deje que me dé una ducha primero, soldado. A la batalla hay que ir bien limpita, ¿no?
¡Uhmg!

AAAFH... ¿SE LE HABRÁ PASADO YA...?
SHAAAAF
¿...EL ARREBATO DE VIRILIDAD A ESE CARCAMAL?
ROOONC
ROOONC

* N.D.T.: Unos 165 euros en el momento de publicación en Japón.

¡TSK!
PUTO AOI...
¿CÓMO TE VAS A ACOSTAR CONMIGO "CUANDO QUIERA" SI ESTÁS MUERTO, GILIPOLLAS?
AGH... QUÉ ASCO DE LENTILLAS DE COLOR... CÓMO DUELEN...
Yôhei (40 años)
...invito a sushi!
Match cancelado
CARDO.
FLIP
RETACO.
FLIP
CON UN PIE EN LA TUMBA.

Ni un solo tío bueno.
Al final va a ser verdad que todos los guapos están en Tokio.
CHAS
CHAS
新型ALFARD
¡¿Eh?!
Pero, Shun, ¿y esas pintas? ¿Qué estás haciendo?
Sacarme un *selfie* para mi perfil en la aplicación de ligoteo.

Vamos a ver... Esa mujer se acostó con Aoi y estaba loquita por él, ¿verdad? Pues entonces, si tenemos eso en cuenta...
ZRAS
¡¡Pero serás bobo!! ¡Trae eso aquí, idiota, más que idiota!
¿Eh?
Estoy mostrando mi lado más salvaje para parecer lo más macarra y duro posible.
CHAS
Con lo grosera que es esa mujer, seguro que con esto la conquisto.
Está claro que su tipo de hombre ideal es este.
Shunpei (26 años)
Conectado
Oficinista
Música
Literatura extranjera
Salir a tomar café

¿Estás segura de que esta foto funcionará?
Al doscientos por cien.
De todos modos, también vas a necesitar una en la que aparezca una taza de café y otra en la que se vea tu sombra fundiéndose con el atardecer.
"Taza de café", "sombra en el atardecer"... ¡Buscar!
TEC TEC
Si las vas a pillar de internet, acuérdate de editarlas y subirles la saturación al máximo.
También puedes ponerlas en blanco y negro si lo prefieres.
"Soy de Tokio, pero viajo mucho a Osaka por negocios".
"Me encantan las chicas que hablan con acento de Kansai xDDD".
TEC
"...con acento de... Kansai xDDD".
TECTEC
Ay, mi madre... El pelo así a lo champiñón le da un toque travieso a Shun que... ¿Y si le digo que se lo deje?
Por cierto, Maki...
¿Cómo es que sabes tanto de crear perfiles en este tipo de aplicaciones?
¿Eh? Ah, pues... ¡Huy, pero mira qué hora es ya...!
¡¡¿Qué hora ni que ocho cuartos?!!

Twitter
FRIP
¡¿Seguir así, a medias tintas?!
Sushi Mensaje oculto
Futuro
Noda
Pasado
Aoi
"¿PIENSA SEGUIR ASÍ, A MEDIAS TINTAS?", ME DICE EL MUY...
¡¿Y QUÉ ES LO QUE QUIERE QUE HAGA EXACTAMENTE?!
"¡MUY BUENAS NOCHES, PAREJA! ¿QUÉ TAL TODO POR DANGEROUS NIGHT TOWN?".
KLOLON
¡BUENAS NOCHES! AQUÍ SEGUIMOS, AGUANTANDO.
"VERÉIS... VIVO CON MI PAREJA ACTUAL Y HAY ALGO QUE NO ME DEJA DORMIR TRANQUILA POR LAS NOCHES".
OOOH... ¡UNA CONSULTA DE PROBLEMAS DE CONVIVENCIA!
"MI NOVIO ME HA ESTADO ENGAÑANDO ÚLTIMAMENTE, PERO, A PESAR DE ELLO, SEGUIMOS VIVIENDO JUNTOS".
OSTRAS... MENUDO MARRÓN.
¡OSTRAAAS, MENUDO MARRÓOON...!
"YO PIENSO QUE, POR EL BIEN DE LOS DOS, LO MEJOR ES QUE ROMPAMOS, PERO ÉL, QUE ME TRATA DE MANERA MUY FRÍA Y DISTANTE..."
"...NO PARECE QUERER TERMINAR NUESTRA RELACIÓN EN ABSOLUTO".
"MI PREGUNTA ES LA SIGUIENTE: ¿PUEDE UN HOMBRE VIVIR CON ALGUIEN INCLUSO SIN AMOR? ES QUE PARA MÍ ES ALGO INCONCEBIBLE"...

"INCLUSO SIN AMOR", ¿EH? HM... ¿PODRÍA SER QUE EL ENGAÑO FUESE COSA DE UNA CRI-SIS PERSONAL PUNTUAL?
LA VERDAD ES QUE YO NO TENGO MUCHA EXPERIENCIA EN ESTE CAMPO, ASÍ QUE VOY A PASARLE LA PATATA CALIENTE A MI COMPAÑERO KEITA.
OYE, OYE... ¿TE CREES QUE YO SÍ SÉ DEL TEMA?
A VER... YO... ¿PODRÍA SER QUE FUERA...?
¿...ALGÚN TIPO DE EMO-CIÓN POR PARTE DEL NOVIO QUE TRASCIENDE EL MISMO CON-CEPTO DEL "AMOR"?
¿SABES A LO QUE ME REFIERO? UNA ESPECIE DE... DE SENTIMIENTO DEL DEBER POR SU PARTE, COMO SI SINTIERA LA OBLIGACIÓN DE RESCATARLA.
UN "SENTI-MIENTO DEL DEBER", ¿EH?
ALGO ASÍ COMO... "¡PASE LO QUE PASE, DEBO PROTEGERLA!". EN EL FONDO NO QUIERE QUE SU ORGULLO DE PROTECTOR SALGA HERIDO.
ES CUESTIÓN DE PURA FRAGILIDAD MASCULINA.
HM... VOCACIÓN DE HÉROE, MÁS BIEN.
VAAALE... CREO QUE LO ENTIENDO. ES LO TÍPICO DE QUERERSE "HACER EL HÉROE" DELANTE DE LOS DEMÁS, ¿NO?
BUENA RESPUESTA. ¡¡NO ESPERABA MENOS DE NUESTRO KEITA, EL ILUSTRE EMBAJADOR DE LOS HOMBRES QUE PONEN LOS CUERNOS A SUS MUJERES!!
¡¡OYE, TÚ!! ¡¡NO ME DIFAMES!!
JU, JU...
EN FIN... ¡PASEMOS AHORA A NUESTRA SIGUIENTE SECCIÓN!
¡¡QUÉ ELOCUENTE ES NUESTRO AMIGO OYENTE!! Y EL EFECTO DE SONIDO QUE ACOMPAÑARÁ SUS RESPUESTAS A NUESTRO ENUNCIADO ESTA VEZ SERÁ...

¡Ugyaaah! ¡Buaaaah!
¡Nghyaaah!
¡¡EL LLANTO DE UN BEBÉ!!
Y UNO MUY, PERO QUE MUY ENFADADO. JA, JA, JA...
ASÍ ES. BIEN, VEAMOS CÓMO HAN COMPLETADO LA FRASE NUESTROS OYENTES.
SU SEÑORÍA, EL-SUDOROSO-MINISTRO-DE-ASUNTOS-AXILARES, NOS COMENTA...
¡Ugyaaah!
¡Nghyaaah!
"¡LO SIENTO MUCHO! PERO, YA QUE EL BEBÉ ESTÁ LLORANDO... ¿PODRÍAMOS PASAR A LLOROS Y PREGUNTAS Y TERMINAR CUANTO ANTES LA SESIÓN DE CONTROL?".
¡Buaaah!
JA, JA, JA, JA... YA VEO, YA VEO. ESTÁ BIEN TRAÍDO.

CON TANTO LLORO EN LA CÁMARA DEL CONGRESO, ES LO QUE HAY. CUANTO ANTES SE CONCLUYA, MEJOR.
JU, JU... PUES SÍ, LA VERDAD. BUENO, LA SIGUIENTE RESPUESTA NOS LLEGA DESDE LA PREFECTURA DE CHIBA...
"¡LO SIENTO MUCHO! PERO, YA QUE EL BEBÉ ESTÁ LLORANDO... ¿POR QUÉ NO CAMBIAMOS DE PLANES Y COMEMOS TERNERA AL CURRI?".
¡PERO SI ESO NO TIENE NADA QUE VER CON EL ENUNCIADO!
¡Nghyaaaah!
¡Buaaaah!
HOMBRE... LA TERNERA AL CURRI ESTÁ DE RE-CHUPETE, ASÍ QUE IGUAL LOS TIROS IBAN POR AHÍ, ¿NO?
¡Ugyaaaah!
新生児
moony
¡Nghyaaaah!

Aaaaaah...
Aaah...

VENGA YA...

POM
POTOM
¡¿RITSUKO?!

¡Respira!
¡Ritsuko, respira!
Fumi...
¿Por qué?
¿Por qué se me murió?

¡UGYAAAH!
YA ESTÁ... TRANQUILA. ¡TODO VA A IR BIEN!
ES MUCHO PEOR DE LO QUE PENSABA...
VAYA VIDA LA TUYA, ¿EH?

たま川
Capítulo 51
TOC

Ten. Es chocolate caliente.
Tómatelo. Te vendrá bien entrar en calor.
Me doy asco a mí misma.
moomy
S
moomy
Incluso ahora, después de tantos años...
...Sigo sin poder explicar nada de lo que ocurrió en aquel momento.
Y eso que aquello fue lo que desencadenó todo el caos y la pérdida que ha habido en mi vida desde entonces.

Ritsuko...
No pienses en eso. ¿Cuántas veces te tengo que repetir lo mismo? Tratar de rememorarlo y volver allí no te hace ningún bien.
Lo del bebé...
...Fue debido al síndrome de muerte súbita del lactante.
Es decir, fue una enfermedad.
Falleció a causa de algo ajeno a ti. No tienes culpa de nada.
Que aún estés confusa...
...Y algo desubicada es completamente normal.
A fin de cuentas, la pérdida que experimentaste fue muy grande.

De todos modos, has de darte cuenta de que si estás aquí es porque, en cierta manera, supiste sobrellevar y superar la situación por tu cuenta.
Aunque el método al que recurriste fuera apartarte de aquella escena y enterrarla en tu memoria, sigues siendo igual de increíble, Ritsuko.
Tu incapacidad para hablar de lo que viviste...
...No es más que una reacción legítima de autodefensa por parte de tu cuerpo...
...Ante la realidad más cruel y devastadora de todas: perder a tu propio retoño.
A pesar de que nos vamos a divorciar...
...Estás siendo muy amable conmigo.

Casados o divorciados... Eso no tiene nada que ver en esto.
Si estoy aquí es porque en su día tomé la decisión de ayudarte a seguir adelante, ¿recuerdas?
Ritsuko...
Aunque solo sea por un instante...
¿...Por qué no tratamos de olvidar juntos el pasado?

GRUS

ANDA, Y UNOS SÁNDWICHES SALVAJES TAMBIÉN.
Ritsuko,
Hoy no puedo quedarme contigo.
Tú aprovecha para relajarte y descansa.
Cuando tengas hambre, pide que te traigan algo a casa y paga con este dinero.
Kazufumi
¡UN CONDÓN SALVAJE APARECIÓ!
¡¡VARIAS PAREJAS SE DISPUTAN HOY EN ODAIBA SER LA MEJOR CONJUNTADA!!
QUÉ SENSACIÓN TAN EXTRAÑA...
ME SIENTO COMO SI HUBIERA FALTADO AL INSTITUTO POR TENER FIEBRE...

Señor Noda, ya he extraído los datos de la encuesta del número especial del otro día. Aquí tiene los resultados.
Oh... Justo ahora me vienen de perlas. Muchísimas gracias.
No me las dé. Debería ser yo quien le agradezca su ayuda en ese otro reportaje.
Qué va, mujer... Para eso estamos los compañeros de trabajo.
What's
¡Insisto! ¡Quiero enamorarme!
El camino hacia un matrimonio feliz
Análisis en profundidad de la vida matrimonial en la actualidad
Veo que sus guías matrimoniales están siendo bastante exitosas, gozan de mucha popularidad entre los lectores.
Ah... Sí, eso parece, sí... Ja, ja, ja...
Por cierto, usted ya estaba casado, ¿verdad?
Ahora que estamos en confidencia, ¿no podría darme algún consejillo o algunas pequeñas pautas para lograr una vida marital exitosa?

Al fin y al cabo, el matrimonio empieza donde acaba el amor...
Hmmm... ¿Enamorarse de otras personas? Sí, quizá sea ese el secreto.
¡Pft!
...
Bzzz
Bzzz
Ah, disculpa un momento.
Ja, ja... Pues vaya... Veo que no ha colado.
¡Ja, ja, ja! No me tome el pelo, señor Noda.
Eso no hay quien se lo crea, y menos viniendo de usted. Que sepa que aquí tiene usted fama de ser un marido ejemplar.
Sé de más de una aquí en la redacción que envidia a su mujer por tener un esposo tan devoto.

¿Diga? ¿Eres tú, Naoko?
FRAS
¿Hm? Qué raro...
Habría jurado...
...que la mujer del señor Noda se llamaba Ritsuko...

PLIN
Winder
Nao te ha dado like
Winder
Mio te ha dado like
Winder
Joline te ha dado like
Winder
Yuu te ha dado
PLIN
PLIN
PLIN
PLIN
PLIN
Será posible... Esto no tiene fin. Por cada una que borro, aparecen tres o cuatro más. Son como moscas cojoneras...
TEC
TEC
TEC
PLIN
¡¡Venga, Maki, deja eso y devuélveme el teléfono!!
Mierda... Me he confiado porque hoy entraba al mediodía. ¡La que me va a caer por llegar tarde!

¿SE PUEDE SABER QUÉ ESTÁS LIANDO CON MI TELÉFONO?
OSTRAS, AHORA QUE ME FIJO... ¿ESA DE AHÍ ES MI CARA? QUÉ GRACIA... NADIE SE HABÍA PUESTO NUNCA UNA CAMISETA CON MI JETA IMPRESA EN ELLA.
SRRRP
SÍ.
MIRA, SHUN... GRACIAS A MI GESTIÓN PROFESIONAL DE TU CUENTA, AHORA TE ENCUENTRAS ENTRE LOS 500 PERFILES MÁS CODICIADOS DE LA APLICACIÓN.
¿VES LO QUE PONE? FÍJATE. "99+ PERSONAS TE HAN DADO ULTRALIKE". TODA UNA PROEZA.
AH, POR CIERTO... HE BLOQUEADO A TODAS LAS MUJERES EN UN RADIO DE 30 KM.
PRUSH
¡CON TAL DE CONVERTIRTE EN LA PIEZA MÁS DESEADA, MI DEBER COMO EXPERTA EN LA MATERIA ES DEJAR FUERA A TODA BUITRE LO ANTES POSIBLE!
¿UN BELLEZÓN COMO ESTE ME HA DADO LIKE?
Ann
te ha dado lik
AAAFH... ¡¿POR QUÉ TIENE QUE ESTAR A 3.662 KM DE DISTANCIA?!
Hanói
A 3.662 km de ti

GRIC
Aaafh... Dichosa distancia...
Si no fuera por ese detalle...
Oye, tú, cenutrio... ¿Es que no tienes vergüenza? ¿Cómo se te ocurre estar ligando con el móvil en pleno horario laboral? ¿Qué pasa con la amenaza de suicidio?
Se... ¡Señora Mukôda! No, espere... ¡Se equivoca! ¡Esto no es lo que parece!
¡Le juro y perjuro que esta es nuestra mejor y única baza para acercarnos a esa mujer!
¡Necesitamos al Koide guaperas intelectual! ¡Créame, por favor! ¡¡Es nuestra arma definitiva!!
...
¡El problema es la distancia! Es una obviedad, pero... ¡Estando separados, jamás nos podremos conocer!
Para poder hacer *match* necesito estar en el mismo lugar que ella... ¡¡Por favor, envíeme de viaje de empresa a Osaka!!
¡¿Pero tú... de qué guindo te has caído?! ¡¿Dónde se ha visto que una empresa envíe a un trabajador de viaje de negocios para que ligue por una aplicación del móvil?!
¡¡Deja ya de decir memeces y haz el favor de espabilar de una vez!!

¡¡KOIDE, SEÑORA MUKÔDA...!!
¡EL TELEVISOR, RÁPIDO!
ESTÁN HABLANDO DEL TWEET VIRAL EN UN PROGRAMA DE TERTULIAS...
BIEN, Y ENTRE LAS NOTICIAS MÁS DESTACADAS DE INTERNET...
...HOY NOS GUSTARÍA ESTUDIAR EL CASO DE UN TWEET VIRAL QUE HA INCENDIADO LAS REDES.
EN EFECTO... POR LO QUE SE SABEMOS, ES ALGUNA CLASE DE AMENAZA DE SUICIDIO CONTRA UNO DE LOS SEMANARIOS QUE PUBLICA EL GRUPO EDITORIAL SÔGAKUSHA...
...EL CUAL NO SE HA PRONUNCIADO EN EXCESO Y DEL QUE, COMPAÑEROS CONTERTULIOS, CREO QUE ESTARÍA MUY BIEN SABER SU OPINIÓN Y POSTURA.
...
Yo tan solo quería salir antes de morir con un tío bueno de tez pálida y con flequillo que tuviera pinta de leer obras como las de Haruki Murakami.
#DAY9 #WeeklyStrike
#RitsukoKaji
el tweet más reciente
TAL Y COMO VEMOS EN PANTALLA, AFIRMA QUE, ANTES DE MORIR, LE GUSTARÍA TENER UNA CITA CON UN "TÍO BUENO"... AHÍ ES NADA.
LA VERDAD ES QUE SÍ... DE TODOS MODOS, ANTES DE ABRIR EL DEBATE, LEAMOS EL ÚLTIMO MENSAJE QUE HA COLGADO EN REDES EL USUARIO DEL TWEET VIRAL.

Ufff...
QUE SE PUEDAN DECIR ESTA CLASE DE BARBARIDADES... HE AQUÍ EL LADO OSCURO DE LA SOCIEDAD DEL ANONIMATO QUE ESTÁN CREANDO LAS REDES...
SIN DUDA. DECIR QUE ES PREOCUPANTE ES QUEDARSE CORTOS.
¡JUA, JA, JA, JA, JA!
GRASH
GRASH
GRASH
GRASH
¡EH, TÚ!
AQUÍ, VEN.
GRAGRAGRASSSH

AH...
¿QUIERE OTRA BANDEJA? DEJE, YO SE LA CAMBIO.
OYE...
¿SABES QUIÉN SOY?
URAURASSSH
SOY FAMOSA, ¿SABÍAS? SALGO EN LA TELE Y ESAS COSAS.
¡¡SEÑORA MUKÔDA, USTED LO HA VISTO IGUAL QUE YO!!

¡Es la hora! ¡Ha llegado mi turno de intervenir y pasar a la acción!
¡¡Ya te he dicho que no!!
¡¡Mientras no tengas una razón válida, y eso excluye por supuesto conseguir un *match*, ya te puedes ir olvidando de los viajes de empresa!!
Pero, yo...
¡¡Hola, hola, pajarito sin cola!!
¡¿Señora Akiba?!
¡¿Qué diantres ha venido a hacer usted hoy aquí?!
Pues, si me lo permitían, pensaba tomarte prestado, Koide.
Veréis... Es que un director amigo mío me ha pedido que participe en un programa de televisión, y claro... no he podido negarme.
Pero la cosa es que, como el estudio de grabación está en Osaka, me da un poco de apuro ir sola. Por eso he pensado en que me acompañes.
Ah, por los gastos no te preocupes, ¿eh? Lo pagan todo ellos. ♡
Más te vale que visites la tumba de tu familia.
Dales las gracias como es debido por tremenda flor en el culo.
Lo haré, descuide.

DING DOONG
¡Señora Kaji, soy yo, Koide!
CACHAC
¡Le he traído la cena!
Koide, ¿cómo has entrado en el edificio?
Ah, pues... Justo me he cruzado con la señora Itô del piso 19 al llegar y ella, muy amablemente, se ha ofrecido a abrirme la puerta del portal.
Pero, bueno, ¡eso no importa! ¡¡Señora Kaji, que al fin me han dado el permiso para ir a Osaka!! ¡¿No es genial?!
El viaje es para acompañar a la señora Akiba, pero seguro que usted también se puede unir.
Ya.
¡¿Hm?! Oiga, señora Kaji, ¡¿soy yo o está intentando no dejarme entrar?!
¿Eh? No... Bueno...
¡Venga, déjeme pasar! ¡He traí-do pollo del KFC!
KFC

¡¿QUÉ?!
PE...
PERO... ¿QUÉ ESTÁ PASANDO AQUÍ? ¿A QUÉ VIENE TODO ESTE INCREÍBLE DESPLIEGUE DE PLATOS?
¡CÓMO QUE A QUÉ VIENE!
TAN SOLO HE PREPARADO LA CENA PARA MI MARIDO, QUE VENDRÁ HAMBRIENTO DESPUÉS DE UNA DURA JORNADA DE TRABAJO.

Capítulo 51 – Fin

Capítulo 52

ESTA SEÑORA KAJI ES NUEVA.
OTRA DE SUS FACETAS... ¿CUÁNTAS VAN YA? ¿CUATRO?
¡DING!

BRRRR
BRRR
¿SÍ? DEPARTAMENTO EDITORIAL DE DAISY.
AH...
EL GRATINADO...
HOLA, BUENAS TARDES.
SOY LA ESPOSA DE KAZUFUMI NODA, TRABAJA CON USTEDES EN LA REDACCIÓN.
¿PODRÍA HABLAR CON ÉL, POR FAVOR?

Ah... Señora Noda...
¡Muy buenas tardes!
Pues, verá... Resulta que el señor Noda...
¡Hola, señora Noda! ¡¿Qué tal se encuentra?! ¡¿Busca a su marido?!
Eh...
Lo siento... Me sabe fatal... Ha salido hace no mucho hacia la imprenta para solucionar un problema muy importante...
Ah... Ya veo... No contesta a sus llama-das, ya...
Como le he dicho, ha ido a atender una urgencia. Quizá esté muy ocu-pado en estos momentos... Sí...
¡Por supuesto! Usted no se preocupe. ¡Cuando regrese, le informaré de que ha llamado!
Noda
Casa
23
Reunión en

Aaafh...
Cada vez tengo menos fe en el matrimo-nio...
uiero enamorarme!
trimonio feliz
imonial en la actualidad
¿Qué haces ahí parada? Venga, a tra-bajar.
Ah... sí, claro.
Oye...
¿Qué consejo le darías a alguien que desea una vida marital exitosa?

No sé yo si tu exmujer es la más indicada para responder a esa pregunta...
Ja, ja... Tienes razón.
De todos modos, es muy admirable por tu parte que te preocupes por el bienestar de tu matrimonio, Kazufumi.
No es eso.
Me lo ha preguntado hoy una compañera de trabajo.
Como no me lo esperaba, he terminado diciendo lo primero que se me ha pasado por la cabeza.
"Enamorarse de otras personas"...
¡¿Qué?! ¡¿Pero cómo le sueltas esa burrada?!
Es que... mentir resulta muy complicado cuando te pillan por sorpresa.
Ju, ju... Ridículo, ¿verdad?

¡JA, JA, JA, JA! PODRÍA SER, ¿NO?
¡¿ME ESTÁS DICIENDO QUE YO, TU EXMUJER, SOY EL LUBRICANTE PERFECTO PARA QUE EL MECANISMO DE TU MATRIMONIO ACTUAL FUNCIONE COMO UN RELOJ?!
NO TE RÍAS. ES UN TEMA SERIO.
PIÉNSALO. AUNQUE SEA UNA REGLA EXTRAÑA Y TOTALMENTE ARBITRARIA...
...LO CIERTO ES QUE LA PRIMERA PERSONA NUNCA TERMINA SIENDO ESPECIAL EN ABSOLUTO.
UNA MUJER CUANDO SE CASA SE VUELVE UNA ABURRIDA AL ASUMIR EL PAPEL DE ESPOSA.
AL FIN Y AL CABO, ES EL MOMENTO EN EL QUE SE DA CUENTA DE QUE JAMÁS PODRÁ ASPIRAR A NADA MÁS DE LO QUE YA TIENE.
¿PENSABAS ESO MISMO CUANDO NOS CASAMOS?
NO...
TÚ Y YO ÉRAMOS DEMASIADO JÓVENES E INGENUOS PARA COMPRENDER EL CONCEPTO DEL MATRIMONIO.

Es probable que el mejor jugador sea aquel que descubre primero que el movimiento más adecuado es desechar la pasión desde un principio.
De hecho...
Para la mayoría de las personas...
...el matrimonio es un juego que requiere de estrategias distintas al amor.
Sin embargo, un juego sin pasión...
...es aburrido a más no poder. Es una idea herida de muerte desde su misma concepción.

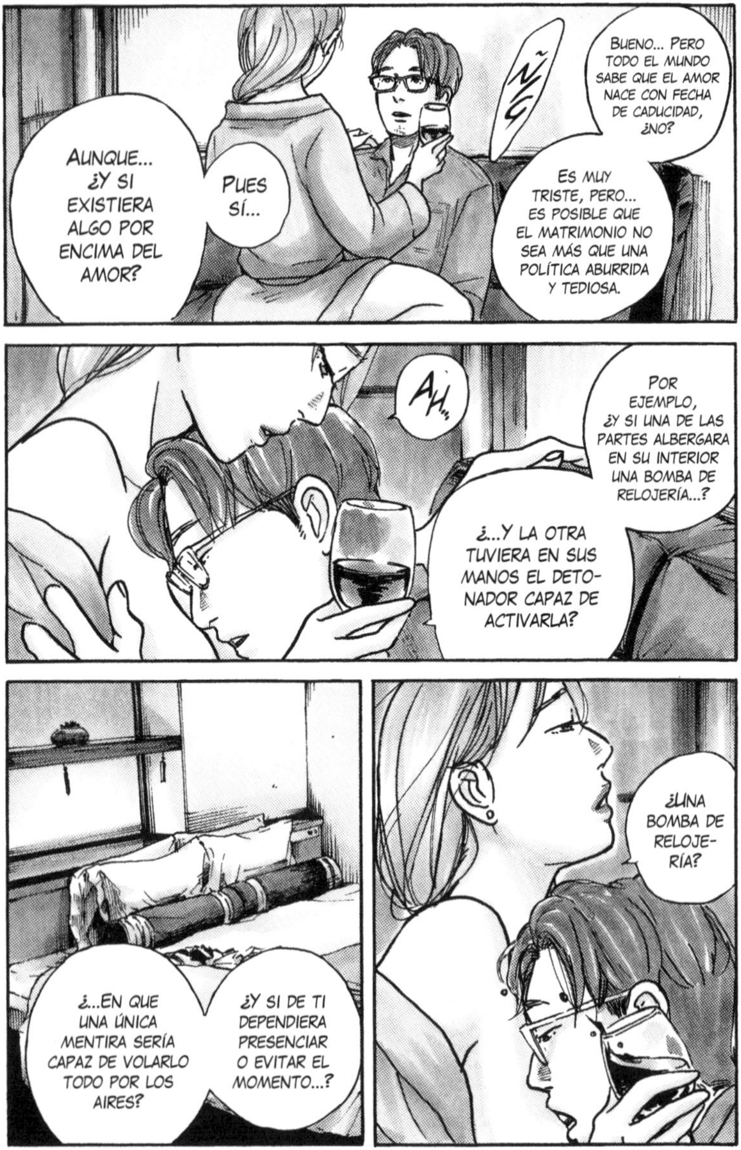

BUENO... PERO TODO EL MUNDO SABE QUE EL AMOR NACE CON FECHA DE CADUCIDAD, ¿NO?
ÑIC
ES MUY TRISTE, PERO... ES POSIBLE QUE EL MATRIMONIO NO SEA MÁS QUE UNA POLÍTICA ABURRIDA Y TEDIOSA.
PUES SÍ...
AUNQUE... ¿Y SI EXISTIERA ALGO POR ENCIMA DEL AMOR?
AH...
POR EJEMPLO, ¿Y SI UNA DE LAS PARTES ALBERGARA EN SU INTERIOR UNA BOMBA DE RELOJERÍA...?
¿...Y LA OTRA TUVIERA EN SUS MANOS EL DETONADOR CAPAZ DE ACTIVARLA?
¿UNA BOMBA DE RELOJERÍA?
¿Y SI DE TI DEPENDIERA PRESENCIAR O EVITAR EL MOMENTO...?
¿...EN QUE UNA ÚNICA MENTIRA SERÍA CAPAZ DE VOLARLO TODO POR LOS AIRES?

AOI...
HE LEÍDO SOBRE TI EN LA NOVELA.
SÉ QUE ENTRE VOSOTROS HABÍA UNA AMISTAD ESPECIAL.
PERO ME GUSTARÍA QUE, POR SU BIEN, TE ALEJARAS DE ELLA.
OYE, TÍO, ¿DE VERDAD LE HAS DADO LA PATADA A UNA RICA-CHONA...?
¿...SOLO PARA CASARTE CON LA POBRE KAJI QUE HA PERDIDO A SU BEBÉ?
FLIPA... ERES EL HÉROE DEL SIGLO, ¿EH?

NO, PERO... AHORA EN SERIO.
¿DE VERDAD NO TE HAS DADO CUENTA? TÚ QUE TE HAS GRADUADO POR LA PRESTIGIOSA UNIVERSIDAD DE TOKIO...
¿...EN SERIO LO HAS TIRADO TODO POR LA BORDA POR RITSUKO KAJI? QUÉ INGENUIDAD MÁS GRANDE LA TUYA...
¿EH?
TÍO, HAS PASADO POR ALTO LA MAYOR MENTIRA DE ESA MUJER.

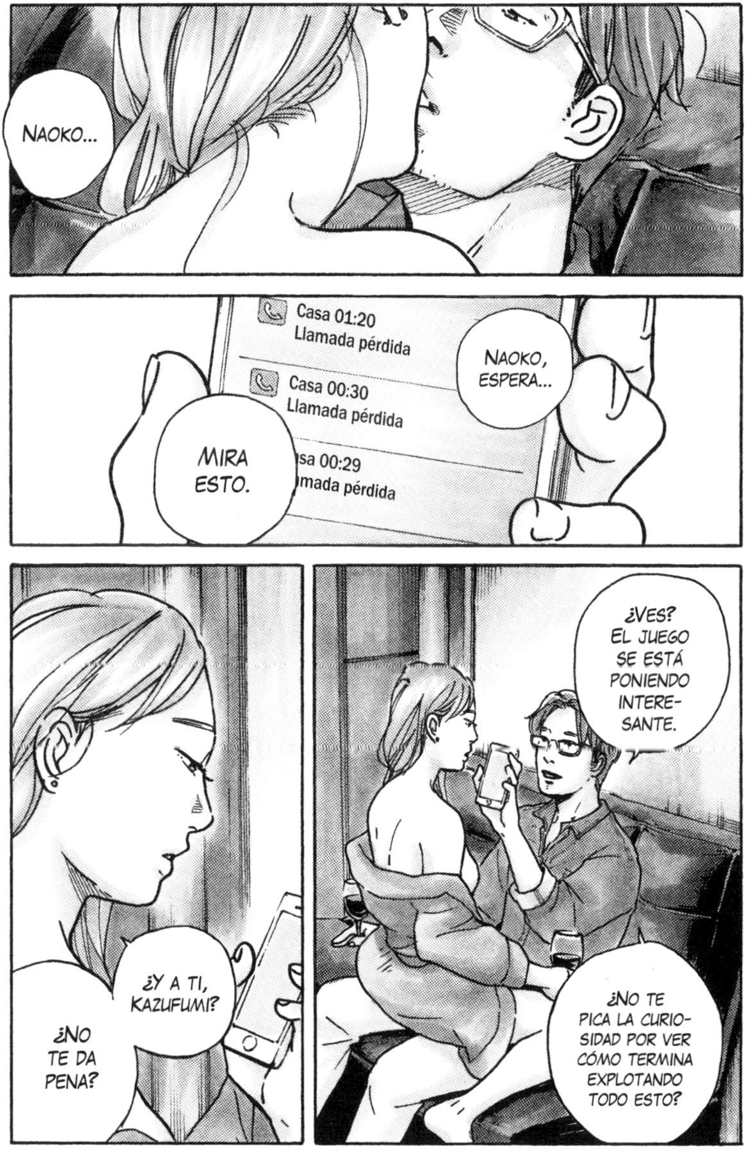
NAOKO...
Casa 01:20
Llamada pérdida
Casa 00:30
Llamada pérdida
sa 00:29
mada pérdida
NAOKO, ESPERA...
MIRA ESTO.
¿Y A TI, KAZUFUMI?
¿NO TE DA PENA?
¿VES? EL JUEGO SE ESTÁ PONIENDO INTERE-SANTE.
¿NO TE PICA LA CURIO-SIDAD POR VER CÓMO TERMINA EXPLOTANDO TODO ESTO?

Pues claro que sí, desde el primer momento.
Precisamente por eso. Dejaré que la pena y la tristeza devoren a los demás para que puedan acompañarme en este vacío que siento por dentro.
CRUS
CRUMF
CRUMF
2:35
UF...

OSAKA.
Miyade
¡Hola a todos!
Aquí estamos,
un almuerzo más
con ¡Ya es mediodía!
Kansai Deluxe
¡CINCO SEGUNDOS!
¡CUATRO...!
¡TRES...!

¡YA ES MEDIODÍA! KANSAI DELUXE
¡HOLA A TODOS! AQUÍ ESTAMOS, UN ALMUERZO MÁS CON ¡YA ES MEDIODÍA! KANSAI DELUXE.
KEIJI MIYADE
Y HOY TENEMOS EL HONOR DE QUE NOS ACOMPAÑE UNA ESCRITORA Y HUMANISTA DE GRAN RENOMBRE.
¡¡LA ILUSTRE HIRARI AKIBA!!
¡A LOS BUENOS MEDIODÍAS! ¡AQUÍ HIRARÍN RETRANSMITIENDO PARA TODOS NUESTROS QUERIDOS TELEVIDENTES!
¡YA ES MEDIODÍA! KANSAI DELUXE
NO SÉ SI SABÍA QUE ES LA PRIMERA VEZ QUE CONTAMOS CON UNA NOVELISTA DE SU CALIBRE.
NO SE HACE IDEA DE LA PRESIÓN QUE TENEMOS TODO EL EQUIPO AHORA MISMO.
JU, JU, JU... ¡¡ME DICEN ESO MUY A MENUDO!!
¡QUÉ SUELTA SE LA VE CON LAS CÁMARAS! LLEVA MUY BIEN ESTO DE ESTAR EN TELEVISIÓN.
¡JA, JA, JA!
BUENO... ES QUE HACE YA ALGÚN TIEMPO HICE MIS PINITOS EN EL MUNDO DE LA INTERPRETACIÓN, Y CLARO...

BUENO... IMAGINO QUE TANTO NUESTRA INVITADA COMO TODOS USTEDES ESTARÁN DESEOSOS DE DESCUBRIR...
...QUÉ MARAVILLAS NOS ESPERAN EN EL PROGRAMA DE HOY.
PIN
BIEN, PUES, SIN MÁS DILACIÓN, VEAMOS QUÉ TEMAS TENEMOS EN EL TINTERO. SEÑOR REGIDOR, ADELANTE CUANDO QUIERA...
ACOMPAÑAR A LA SEÑORA AKIBA NO HA SIDO MÁS QUE UNA EXCUSA.
Informante
¡Cuento con usted!
Hoy 12:01
¡Lo mismo digo! Llegaré a Umeda sobre las 15:00, más o menos.
EN SECRETO, HE CONSEGUIDO CONCERTAR UN ENCUENTRO CON EL INFORMANTE DEL OTRO DÍA... ¡¡SI ES QUE SOY UN MÁQUINA!!
NUP
¡Estoy seguro! Estuvo saliendo con Aoi una temporada y es del tipo de mujer que le encanta llamar la atención.
¿Cómo te diría yo?
la víctima, ¿sabes?
¡Recibido!
NO SÉ DE QUÉ SE CONOCERÁN, PERO...
...PARECE QUE EL SEÑOR INFORMANTE ESTÁ CONVENCIDO DE LO QUE SABE DE ESA MUJER.
ME HA SORPRENDIDO QUE LA SEÑORA KAJI SACARA A RELUCIR UNA NUEVA FACETA Y NO VINIERA.
PERO BUENO... TAMPOCO ES NADA POR LO QUE LLEVARSE LAS MANOS A LA CABEZA. LLEGARÉ HASTA ESA MUJER YO SOLO Y HARÉ QUE RECAPACITE.
¡¡EL QUINTO TEMA DE HOY SERÁ...!!

"¡Dispuesta a suicidarse si la novela no se cancela! ¡¿Cuál será la verdad detrás de este misterio?!".
¡Es el tema del momento!
Señora Akiba, como novelista reputada que es usted, ¿qué opinión le merece este escándalo?
!
¡Ya es mediodía! Kansai Deluxe
...
Ehm... Bueno... La cuestión es en efecto esa, ¿no?
¿Cuál puede ser el motivo que lleve a una persona a forzarse a sí misma de esa manera?
Al fin y al cabo, en comparación a la muerte, cualquier problema parece de lo más trivial, ¿no? No hay nada que se le equipare. Nothing!

POR MUCHOS PROBLEMAS QUE UNO TENGA, ¡¡LA VIDA ES LO MÁS VALIOSO QUE EXISTE!!
¡¡LA VIDA PESA MÁS QUE EL PROPIO PLANETA TIERRA!!
PUES SÍ, LA VERDAD.
¿QUÉ SON LOS INCONVENIENTES DE LA VIDA DELANTE DE LA FRÍA MUERTE? RASGUÑOS. ¡¡MEROS E INSIGNIFICANTES RASGUÑOS!!
¡BIEN DICHO, MIYADE! QUÉ BIEN HABLA ESTE HOMBRE SIEMPRE...
YO NO ESTARÍA TAN SEGURA DE ESO...
ESTE PLANETA ESTÁ HABITADO POR MILLONES Y MILLONES DE PERSONAS.
Y TODAS Y CADA UNA ELLAS DAN UN VALOR DISTINTO A LA VIDA. PARA ALGUNOS INDIVIDUOS LA VIDA TIENE MUCHO PESO, MIENTRAS QUE PARA OTROS ES ALGO SUMAMENTE LIVIANO.
HAY QUIEN NI SIQUIERA VE UN VALOR EN SEGUIR VIVIENDO. ENTONCES, ¿POR QUÉ DEBERÍA HACERLO? EN MI OPINIÓN, ESA ES UNA POSTURA IGUAL DE VÁLIDA QUE LAS DEMÁS.

Ahora sí que la hemos hecho buena.
Ostras...
BLA
¡¡Siguiente noticia!!
¡¿Señora Akiba?!
ZRAS
En lo que a mí respecta, por lo menos, es obvio que mis días...
...son mucho más brillantes que los de esta persona que se esconde detrás de una arroba de Twitter.
¡Entonces, ¿por qué mi escritura debería verse empañada y puesta en riesgo por una vida como la suya?! ¡¡Es inadmisible!!
ES MEDIOD
NSAI DEL
¡Eh, tú! ¡Sí, tú, suicida de salón...! ¡¿Me estás escuchando?!
¿Pero qué está diciendo?
¡Seguro que te crees que aquí tu vida es la única en la cuerda floja, ¿verdad?!
¡¡Pues a ver si nos damos cuenta de que amenazas como las tuyas son iguales a poner un cuchillo en el cuello de muchas otras personas!!

OYE...
¡¡QUE ALGUIEN DETENGA A LA SEÑORA AKIBA!!
QUE ALGUIEN...
¡¡COBARDICA!! ¡¡DA LA CARA!!
¡¡VENGA, ATRÉVETE A AMENAZARME A MÍ TAMBIÉN!! ¡¡AQUÍ TE ESPEROOO!!
¡¡IDIOTA, MÁS QUE IDIOTA!!
¡¡UAAAH!!
¡JA, JA, JA, JA!
¡KOIDE, ¿PERO QUÉ HACES?!
¡SEÑORA AKIBA, LE RUEGO QUE SE CALME! ¡¡ESTAMOS EN DIRECTO!!
¡HE AHÍ UNA MUJER DE ARMAS TOMAR!
¡¿Y A MÍ QUÉ ME IMPORTA SI ES EN DIRECTO, EN DIFERIDO O EN DVD...?!

OYE, DIME UNA COSA...
TÚ REALMENTE QUERÍAS SER UNA MUJER DE ARMAS TOMAR, ¿VERDAD?
PUES VAYA... AL FINAL NO ERES MÁS QUE OTRA MUJER CUALQUIERA QUE NO LOGRÓ LO QUE SE PROPONÍA.
PLAS
¡¡JODER!!

ZRUS
TEC
TEC
s recientes
La señora Akiba es la mujer más echada para delante que he visto LOL
#YaesmediodíaKansaiDeluxe
Soy yo o esta mujer es la mejo
#YaesmediodíaKansaiDeluxe
Eh... Lo bueno que está su e
#YaesmediodíaKansaiDelu
Hirari Akiba es de lo q
#YaesmediodíaKansa
¡TSK!
TEC
TEC
PANDA DE COMEMIERDAS... QUÉ ASCO DE TWITTER, DE VERDAD.
MEJOR VOY A VER SI CAZO UNA BUENA PRESA EN LA APLICACIÓN, QUE SI NO...
PUES EMPEZAMOS BIEN... EL REY DE LOS CARDOS.
FLIP
UF... ¿Y EL CASPER ESTE? SE HA PASADO VEINTE PUEBLOS CON EL BRILLO. QUÉ ASCO DE PIEL SE LE HA QUEDADO...
FLIP
QU... QUÉ COJONES...

Capítulo 52 – Fin

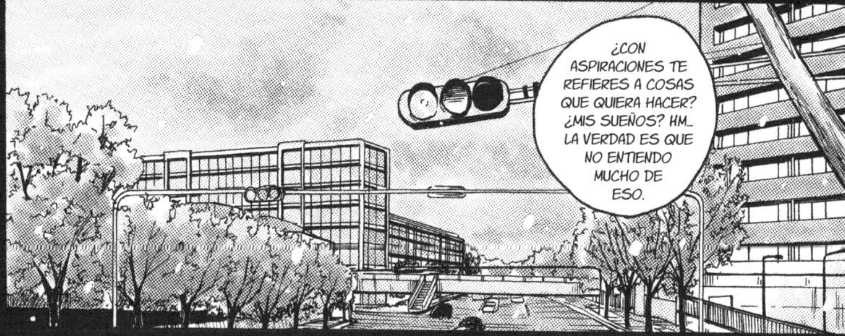
¿CON ASPIRACIONES TE REFIERES A COSAS QUE QUIERA HACER? ¿MIS SUEÑOS? HM... LA VERDAD ES QUE NO ENTIENDO MUCHO DE ESO.

Capítulo 53

ES QUE... VAMOS A VER. EL MERO HECHO DE QUE SIGAMOS COMIENDO, A PESAR DE QUE SABEMOS QUE AL FINAL LO CAGAREMOS TODO...
...DEMUESTRA QUE NUESTRA EXISTENCIA COMO RAZA CARECE POR COMPLETO DE SENTIDO, ¿NO?

ES POR ESTE TIPO DE COSAS QUE YO QUIERO MORIRME CUANTO ANTES.
GOGO'S
RESTAURANT
焼きチーズカレー
GOGO'S
IN

JA, JA, JA...
PERO AÚN TIENES 21 AÑOS, ¿NO? SI TE ESFUERZAS, SEGURO QUE PUEDES HACER LO QUE QUIERAS.
NI MUERTA.
LOS QUE TRABAJAN DURO PARA DESTACAR Y BRILLAR CON LUZ PROPIA...
...SON LOS MÁS PATÉTICOS DE TODOS. ME DAN GANAS DE VOMITAR SOLO DE PENSAR EN EL ASCO QUE ME DA LA GENTE ASÍ.
FRS
JODER... CUÁNTA NIEVE.
NAKAJIMA, ¿TIENES CADENAS?
¿EH?
¿TENGO PINTA DE TENERLAS?
LO SIENTO, PERO HOY, EN VEZ DE A VUESTRAS CASAS, IGUAL OS ACABO LLEVANDO AL INFIERNO CONMIGO.

¡GENIAL!
¡SI HOY MORIMOS TODOS JUNTOS, SERÁ LO MEJOR QUE ME HAYA PASADO EN LA VIDA!
¿LO MEJOR? ESTÁS DE BROMA, ¿NO? SERÍA LO PEOR...
JU, JU, JU, JU...

ASÍ QUE ESTE ES EL TIPO DE TÍA QUE TE GUSTA, ¿EH, IWA?
EN SECUNDARIA HABÍA UNA QUE SE LE PARECÍA, ¿NO? OTRA RARITA... ¿CÓMO SE LLAMABA...?
SERÁS GILIPOLLAS... YA PODRÍAS TENER UN POCO MÁS DE RESPETO POR NOHARA, ¿NO?
¡ESO, NOHARA! JA, JA, JA... NOHARA DE LA CLASE 2... ¡RECUERDO DESBLO-QUEADO!
LA VERDAD ES QUE SE PARECEN HASTA LOS NOMBRES... NOZOMI... NOHARA...
¡PERO QUÉ DICES, TÍO! ¡NI EN EL BLANCO DE LOS OJOS!
A VER... NO NEGARÉ QUE ES UN POCO... EN FIN...
¡PERO NOZOMI ES UNA BESTIA EN LA CAMA!
¡JA, JA, JA, JA, JA!
POR SUPUESTO QUE LO ES. SOLO TIENE 21 AÑOS, ¿NO?
ADEMÁS, ES SABIDO POR TODOS QUE LAS FEAS SIEMPRE LE PONEN MÁS GANAS. SON MÁS GUARRAS PARA COMPENSAR.

PUF... PERO ES FEA CON GANAS, ¿EH?
¡¡TÚ HOY QUIERES MORIR, ¿NO?!!
¡¡NAKAJIMA, TE JURO QUE A LA PRÓXIMA TE COJO EL VOLANTE Y HAGO QUE NOS ES-TRELLEMOS!!
JA, JA... PERDÓN, PERDÓN. NO TE ENFADES, IWA.
AH. NOZOMI ME HA MANDADO UN PRIVADO.
¿HABLÁIS POR MENSA-JES DIREC-TOS EN LA APLICACIÓN?
BUENO, AL MENOS NO PARECE QUE LA COSA VAYA A DURAR MUCHO.
SE VE QUE SE HA DEJADO ALGO...
FRUS
AH. SERÁ ESTA MIERDA.
SE LO DARÉ LA PRÓXIMA VEZ QUE LA VEA.
DEJA, IWA. YA SE LO LLEVO YO.

MAÑANA TENGO QUE IR A TAKA-TSUKI.
DILE QUE PASARÉ A DEJÁRSELO EN EL BUZÓN.
BÁSICA-MENTE...
...ASÍ FUE COMO NAKAJIMA Y NOZOMI SE CONO-CIERON.
OYE, ¿ESE NO ES...?
¿...EL QUE HA SALIDO EN ¡YA ES MEDIODÍA!?
JO... YO TAM-BIÉN...
...DEBERÍA HABERME PEDIDO EL *PARFAIT* DE FRESAS.

ENTONCES...
IMAGINO QUE TÚ Y NAKAJIMA ACABASTEIS PELEADOS, ¿NO?
¡UAAAH! ¡¡QUÉ GUAPO ERES...!!
¡¡SOY KOIDE!! PERO SÍ, SOY YO...
JA, JA... ¡MUCHA GRACIAS! YA QUE HAS VISTO EL PROGRAMA, COMPRARÁS LA NOVELA DE LA SEÑORA HIRARI AKIBA QUE ESTAMOS PUBLICANDO AHORA MISMO, ¿VERDAD? ¡¡LOS AMANTES BAJO LA TIERRA ES UNA NOVELA DE MISTERIO APASIONANTE!!
OH... SÍ, CLARO.
HABLAS DE ELLO COMO SI NADA, PERO NAKAJIMA TE LEVANTÓ A LA NOVIA LITERALMENTE.
DISCULPA...
¿ERES KOIKE, EL EDITOR QUE HA SALIDO EN ¡YA ES MEDIODÍA! KANSAI DELUXE?
¿DE QUÉ HABRÍA SERVIDO ESO? NAKAJIMA ERA SIMPLEMENTE ASÍ.
NAKAJIMA ERA ALGO ASÍ COMO UN ANIMAL SALVAJE.
¿ASÍ? HM... ESTOY EMPEZANDO A VER UN PATRÓN...
CUANDO TRABAJABA DE HOST LE HIZO EXACTAMENTE LO MISMO A UN COMPAÑERO SUYO...
A VER, NORMAL...

Era muy hábil y rápido a la hora de deter-minar...
...Si la persona que tenía delante era superior o inferior a él.
Sabía perfectamente si alguien le sería útil, si era valioso...
...Y, sobre todo, si le sería fácil de manipular.
Cuando una persona que cumplía todas sus expectativas entraba en su campo de visión, se abalanzaba sobre ella...
...Sin miramientos y sin razón alguna, por puro instinto.

Me pregunto por qué todas se acababan enamorando de un tipejo así...
Esta tal Nozomi...
La señora Kaji...
ZRUS
Nakajima era un genio.
Tenía un talento especial para llegar hasta los puntos vitales de la gente y explotar sus debilidades.
Puntos vitales...
Nakajima era una persona...
...Capaz de usar ese talento tanto para el bien como para el mal.
Tenía en sus manos el poder de subirte la moral y la confianza, así como el de hundirte en la ruina más absoluta.

PARECE QUE EL DESTINO HA QUERIDO QUE NOS VOLVIÉRAMOS A VER...
¡JU, JU, JU, JU, JU!
¿EL "DESTINO"? PARA NADA.
TE LO DEJASTE EN MI COCHE A PROPÓSITO, ¿VERDAD?
¡OH...! ¡MIRA ALLÍ!
EL SEMÁFORO EN ROJO HACE QUE LOS COPOS DE NIEVE BRILLEN CON UN TONO ROSÁCEO SIMILAR AL DE LOS PÉTALOS DE CEREZO. QUÉ BELLO, ¿NO TE PARECE?
TÚ...

¿POR QUÉ TE LAS CORTAS TANTO?
¿TOCAS ALGÚN INSTRUMENTO O ALGO?
EL TONO DE VOZ QUE USAS PARA HABLAR DE TODAS ESAS MIERDAS OSCURAS DE LA MUERTE...
...ES COMPLETAMENTE DIFERENTE DEL QUE EMPLEAS PARA DECIR COSAS TIERNAS Y BONITAS. QUÉ CURIOSO...
OYE... TÚ, EN REALIDAD... CON ESE TONO DE VOZ...
...ESTÁS TRATANDO DE DECIR "QUIERO BRILLAR CON LUZ PROPIA POR ENCIMA DE LOS DEMÁS", ¿NO?

¡AH!
Afh...
¡AH!
¡AH!
NO GRITES TANTO...
¡AAAH!

* N.D.T.: Unos 165 euros en el momento de publicación en Japón.

AH... SON SOMNÍFEROS.
LOS VOY ACUMULANDO PARA EL DÍA QUE DÉ EL PASO Y ME MUERA.
¿EN SERIO?
ERES LA PRIMERA PERSONA QUE CONOZCO QUE, ADEMÁS DE DECIR QUE SE QUIERE MORIR, SE PREPARA A CONCIENCIA PARA ELLO.
OYE...
¿POR QUÉ NO ME COMPONES UNA CANCIÓN? UNA CON UNA MELODÍA BONITA.
SI LO HACES, ME ACOSTARÉ CONTIGO GRATIS LAS VECES QUE QUIERAS.
PREFIERO SEGUIR PAGANDO.

ZRAAAS
MI PRECIADO BILLETE AL PARAÍSO SE ESFUMA POR MOMENTOS...
JO... CADA VEZ ME QUEDAN MENOS... EL MONTÓN HA BAJADO UN HUEVO.
DRIIING
DRIIING
MIERDA, YA SON LAS 18:00. TENGO QUE PREPARARME.
¡CITA, CIIITA!
¡AL FIN UNA CITA CON UN TÍO BUENO!

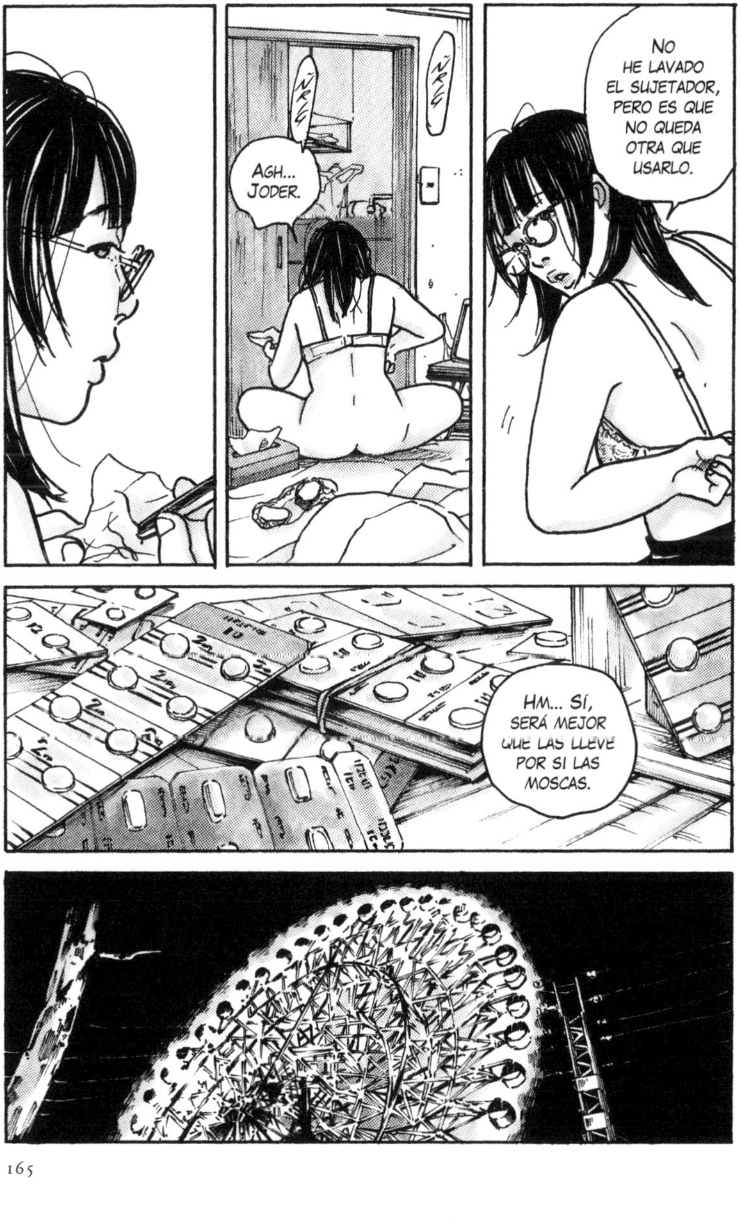
ÑRG
ÑRG
AGH... JODER.
NO HE LAVADO EL SUJETADOR, PERO ES QUE NO QUEDA OTRA QUE USARLO.
HM... SÍ, SERÁ MEJOR QUE LAS LLEVE POR SI LAS MOSCAS.

...
Nozomi
¿Nos vemos esta noche?
¡¿Es realmente ella?! ¡¿Es la Nozomi que buscamos?!
Sí, es ella. ¡No tengo la menor duda!
¿Ves la segunda foto? Esos son sus ojos al cien por cien.
¡¿Cómo puedes estar tan seguro?!
Además, fíjate en su avatar... ¡¡Son bolas de pachinko!!

"NO TE PREOCUPES, ESTARÉ CERCA DE TI, VIGILANDO."
"CUANDO LLEGUE, TE HARÉ UNA SEÑAL."
FLIS
ZRUM
¿HM?
¡ES COSA MÍA O AL LADO DEL SEÑOR INFOR-MANTE...?
¿...HAY UNA FIGURA QUE ME RESULTA FAMILIAR...?
CON EL ASTIGMATIS-MO ES DIFÍCIL SABERLO...
DISCULPA, ¿ERES...?

Capítulo 53 – Fin

Capítulo 54
Lo sabía. Te has llevado una decepción, ¿verdad? Seguro que estás pensando que no soy muy guapa...
Ju, ju, ju, ju, ju...
No, qué va...
¿Eh?
De verdad que no, te lo prometo.
¿Y esta voz delicada de chica anime? Yo juraría que cuando hablamos por teléfono no sonaba así...
¿Lo dices en serio? Menos mal... Qué alivio.
Ju, ju, ju, ju, ju...

大阪駅
ENTONCES... ¿ESTÁS DISPUESTO A CUIDAR DE MÍ TODA LA VIDA?

ERA BROMA. NO TE LO HABRÁS CREÍDO, ¿NO?

LO SIENTO... LA VERDAD ES QUE...
...NO TENGO MUCHA EXPERIENCIA EN ESTO DE LIGAR A TRAVÉS DE UNA APLICACIÓN...
SI HAGO ALGO QUE ESTÉ FUERA DE LUGAR, NO ME LO TENGAS EN CUENTA, POR FAVOR.
DE VERAS QUE NO SÉ MUY BIEN CUÁL ES EL PROTOCOLO EN...
UF... ¡QUÉ CHAPAS, TÍO!
¿EH? CHA... ¿"CHA-PAS"?
A VER... ¿POR QUÉ NO EMPEZAMOS POR CENAR ALGO?
UN SAIZERIYA NO ESTARÍA MAL.
¿EH? ¿SAIZE-RIYA?
¿TE REFIERES A ESA CADENA DE RESTAURANTES TAN FAMOSA DE COMIDA ITALIANA EN LA QUE HASTA EL VINO ESTÁ TIRADO DE PRECIO?
OYE, KOIDE, UNA COSA...
ERES MUY GUAPO Y TODO ESO, PERO... EN REALIDAD, NO TIENES MUCHO ÉXITO CON LAS MUJERES, ¿NO?
DUDO MUCHO QUE ESAS PARRAFADAS QUE SUELTAS TE AYUDEN MUCHO.

BUENO...
"MIRA, SHUN..."
"GRACIAS A MI GESTIÓN PROFESIONAL DE TU CUENTA, AHORA TE ENCUENTRAS ENTRE LOS 500 PERFILES MÁS CODICIADOS DE LA APLICACIÓN".
FLUUUS
ESTÁ MAL QUE YO LO DIGA PERO... LA VERDAD ES QUE CREO QUE TENGO ALGO DE TIRÓN ENTRE LAS MUJERES...
¡JU, JU, JU, JU, JU!
PUES YO DIRÍA QUE ERES UN TÍO BUENO CON LA PERSONALIDAD Y EL CARÁCTER REPRIMIDO DE UN INCEL.
ERES TAN RARITO QUE RESULTAS ADORABLE.
GRRR
¿QUÉ PROBLEMA TIENE ESTA TÍA?
NO HA PARADO DE BUSCARME LAS COSQUILLAS DESDE QUE NOS HEMOS CONOCIDO...
¡OH...! ¡MIRA, MIRA!
¡AQUÍ YA HAN PUESTO LAS LUCES PARA ADORNAR LAS CALLES! QUÉ BONITAS...
TAP TAP
¡¡Y AHORA VA DE NIÑA BUENA, PURA E INOCENTE!! ¡SERÁ...!

SE HACE LA MODESTA DICIENDO COSAS COMO "SEGURO QUE ESTÁS PENSANDO QUE NO SOY MUY GUAPA"...
...PERO CON LOS DEMÁS ES AGRIA COMO ELLA SOLA.
CHAS
TE MIRA POR ENCIMA DEL HOMBRO Y TE JUZGA CON SUPERIORI-DAD HACIENDO QUE TE SIENTAS INSEGURO DE TI MISMO Y...
¡¿EH?! ¡¿PERO POR QUÉ ME VA EL CORAZÓN TAN ACELERADO?!
~~NO HAY DUDA... ¡ESTO QUE SIENTO ES AMOR!~~
¡¡RESISTE, SHUNPEI, NO CAIGAS EN SUS GARRAS, NO DEJES QUE SU TÉCNICA TE AFECTE!!
YA QUE SE TRATA DE UNA OCASIÓN ESPECIAL, PODRÍAMOS IR A ALGÚN SITIO UN POCO MÁS CARO, ¿NO CREES?
¿TE APETECE COMER SUSHI O ALGO ASÍ?
Drink Bar
YA COMÍ SUSHI AYER.
TÚ NO TE PREOCUPES. DE LOS TÍOS BUENOS NO ESPERO QUE ME INVITEN A ESE TIPO DE COSAS.

* N.D.T.: Plato japonés inspirado en la cocina francesa que consiste en un gratinado elaborado con arroz y bechamel.

¿Sabes? Para mi desgracia, mañana cumpliré 24 años.
Aún soy joven, pero, aun así, tan solo los viejos decrépitos quieren acostarse conmigo.
Con unos años más, se me pasará el arroz y, entonces, ni ellos me desearán. Por eso, lo mejor será que me quite la vida al cumplir los 30.
¡Al fin! ¡Ya era hora de que me dejara meter baza!
¡No digas eso! No puedes saber lo que te deparará el futuro.
Lo primero que debes hacer es seguir viviendo y valorarte como persona.
¿Valorarme como persona? ¡¿Y cómo hago eso?!
¡¿Cómo voy a valorarme a mí misma...?!
¡¿...Si todos a mi alrededor me desprecian y me tratan como un bicho raro?!
Incluso tú, un completo desconocido, ha acabado tratándome como una mierda...
Y toda esta farsa... ¡¿Para qué?! ¡¿Para poder aprovecharte del "cadáver de Aoi" y forrarte a su costa?!

Los gilipollas como tú sois los que más enferma me ponéis...
...Shunpei Koide, editor de Ritsuko Kaji.
¿Eh?
Has venido a comerme el tarro para que cambie de idea, ¿no?
Imagino que hasta estarás dispuesto a vender tu propio cuerpo y tener sexo conmigo...
...con tal de salirte con la tuya, ¿me equivoco?

¡AAAH! ¡HE CAÍDO DE LLENO EN SU TRAMPA!
TOILET
¡HE DEJADO QUE SU TÉCNICA ME AFECTARA Y AHORA ME TIENE COGIDO POR LOS HUEVOS!
¡¡TANTO SI SIGO ADELANTE COMO SI ME ECHO ATRÁS, TERMINARÁ SIENDO UN INFIERNO!!
¡¿QUÉ DIABLOS VOY A HACER?!
¡AUNQUE ME ACUESTE CON ELLA AHORA, ES EVIDENTE QUE HABRÁ MÁS PROBLEMAS EN EL FUTURO!
¡SHUNPEI, PIENSA! ¡¿DE VERDAD ES ESA LA ÚNICA SOLUCIÓN AHORA MISMO?!
CRIS
CRIS

AUNQUE...
¿SE LE LEVANTARÁ CON TANTOS SOMNÍFEROS?
SASSS
NO PARECE ESTAR TAN DISPUESTO A ACOSTARSE CONMIGO COMO ME ESPERABA.
NO ME EXTRAÑARÍA NADA QUE AL FINAL CAMBIASE DE OPINIÓN Y SE RAJASE.
CRIS
MENOS MAL QUE HE TRAÍDO LAS PASTILLAS.
¡¡UNA MUJER SE HA DESMAYADO Y ESTÁ TIRADA EN EL SUELO!!
¡¡UAAAH!!
¡HAY SANGRE Y TODO...!
...
SE... SEÑORA, ¿SE ENCUENTRA BIEN?

DESDE LUEGO... MIRA QUE SOY TORPE...
NO SE PREOCUPEN, NO ES NADA. TAN SOLO HE RESBALADO Y ME HE CAÍDO.
PE... PERO... ¡SI ESTÁ SANGRANDO!
AH... ¿ESTO? ES KÉTCHUP.
¡¿CÓMO DICE?!
POR CIERTO, AHORA QUE ME FIJO, SEÑORA, ¿USTED NO HA SALIDO EN LA TELE EN EL PROGRAMA DE...?
¡NO, SE EQUIVOCA! ¡ME CONFUNDE CON OTRA PERSONA!
QUÉ MUJER MÁS RARA...
YA ESTOY AQUÍ.
¿QUÉ? ¿NOS VAMOS A UN SITIO MÁS PRIVADO EN EL QUE PODAMOS ESTAR LOS DOS SOLOS?
SÍ, PERO ANTES...
¿POR QUÉ NO BRINDAMOS CON ESTAS SODAS DE MELÓN TAN RICAS Y REFRESCANTES?

ADIÓS, SHUNPEI PURO E INOCENTE... HA SIDO UN PLACER...
GLUG
GLUG
GLUG
TONC
...
UF...

PLAF
...
¿EH?
¡SSSHT!

¡Señora Akiba, ¿qué está haciendo usted aquí?!
La ha... La ha... ¡¿La ha envenenado?!
¿No cree que esto ha sido llegar demasiado lejos...?
Tranquilo, no te agobies...
Tan solo le hemos dado el cambiazo para que ella se tomase las pastillas que te había echado a ti en la bebida.
Bueno...
¿Y ahora?
¿Qué hacemos con Nozomi?

¡ÑRUG!
DEJAD QUE YO ME ENCARGUE DE ELLA.
ME ASEGURARÉ DE ENSE-ÑARLE...
...LA FORMA MEDIANTE LA CUAL UNA PERSONA SE RESPETA Y SE VALORA A SÍ MISMA.
ÑRUG

A PESAR DE QUE NOS VAMOS A DIVORCIAR...
...ESTÁS SIENDO MUY AMABLE CONMIGO, FUMI.
RITSUKO... POBRECITA MÍA...
AFRONTAR EL PASADO TÚ SOLA HA DE SER MUY DURO Y DOLOROSO PARA TI, ¿VERDAD?
AAAFH...
MIRA QUE YO SIEMPRE TE LO HE DICHO...
COMIDA, CUIDADO DE LA CASA Y SEXO...
SI ME HUBIERAS HECHO CASO Y HUBIESES DESECHADO TODO LO DEMÁS, HABRÍAS LLEVADO UNA VIDA PLENA Y FELIZ.
QUE YA NO TENDRÍAS POR QUÉ SUFRIR MÁS.

LO SIENTO... PERO YO YA NO CREO EN TI, RITSUKO.
¿CÓMO PIENSAS GANARTE DE NUEVO MI CONFIANZA? NO SERÁ FÁCIL...
SÍ... TIENES RAZÓN.
ME EQUIVOQUÉ, FUMI. ¿PODEMOS EMPEZAR DE NUEVO?
AH...
DEBERÍAS HABER VIVIDO TAL Y COMO TE DIJE DESDE UN PRINCIPIO.
NO, EN REALIDAD ES MUY SIMPLE. ABANDONARÉ TODO LO QUE SOY.
VIVIRÉ MIS DÍAS SEGÚN ME DIGAS, FUMI.

UF...
NRUC
AAAH... QUÉ SATIS-FACTORIO...
DING DOOONG
PAC
¿FUMI?
CACHAC

Ah, vale... ¿Cómo has entrado en el edificio?
La señora Itó del piso 19 me ha abierto la puerta del portal muy amablemente.
Tú... Tú eres la follamiga de Koide, ¿no?
No, soy Maki, su **novia**.
¿Y qué quiere de mí la **novia** de Koide?
¿¡Eh!?
¿Y eso por qué?
Ahora mismo...
...Es más que probable que Shun se esté acostando con la mujer esa de Twitter.

Ya que su publicación está en riesgo...
...Shun ha ido a hacer frente a esa mujer para que cambie de opinión con respecto a su amenaza de suicidio.
Hace un rato me ha llamado y me ha dicho "que no sería para tanto".
Le temblaba la voz.
Seguramente acababa de tomar la decisión de acostarse con ella apenas unos momentos antes.
Koide es un hombre. Si se quiere tirar a esa mujer, se la acabará tirando.
No veo por qué eso habría de ser culpa mía...
Ah, ¿no? Vaya...
¿De verdad es incapaz de ver que Koide ha vendido su cuerpo y su alma por usted?

¿Qué pretendes que haga exactamente?
¿Cancelar la publicación? ¿De verdad crees que eso solucionaría algo?
No, claro que no. Es más, podría incluso traer más desgracias.
Sin embargo, su editor está sacrificándose a sí mismo...
...mientras usted está aquí, con ese dichoso par de trenzas ridículas e inútiles, sin hacer absolutamente nada.
¿Acaso se está haciendo la loca para no verse afectada por toda esta situación?
Señora Kaji, dígame la verdad...
Usted, en realidad, no tiene ningún talento para escribir, ¿me equivoco?
Le horroriza que la gente pueda llegar a enterarse.
Por eso no hace más que correr y escabullirse de los problemas, ¿no?
¡¿Cómo?!
¡¡Mira... niñata!! ¡¡No sé quién coño te crees que eres, pero he tenido suficiente de esa bocaza tuya, así que ya te estás largando de mi vista!!

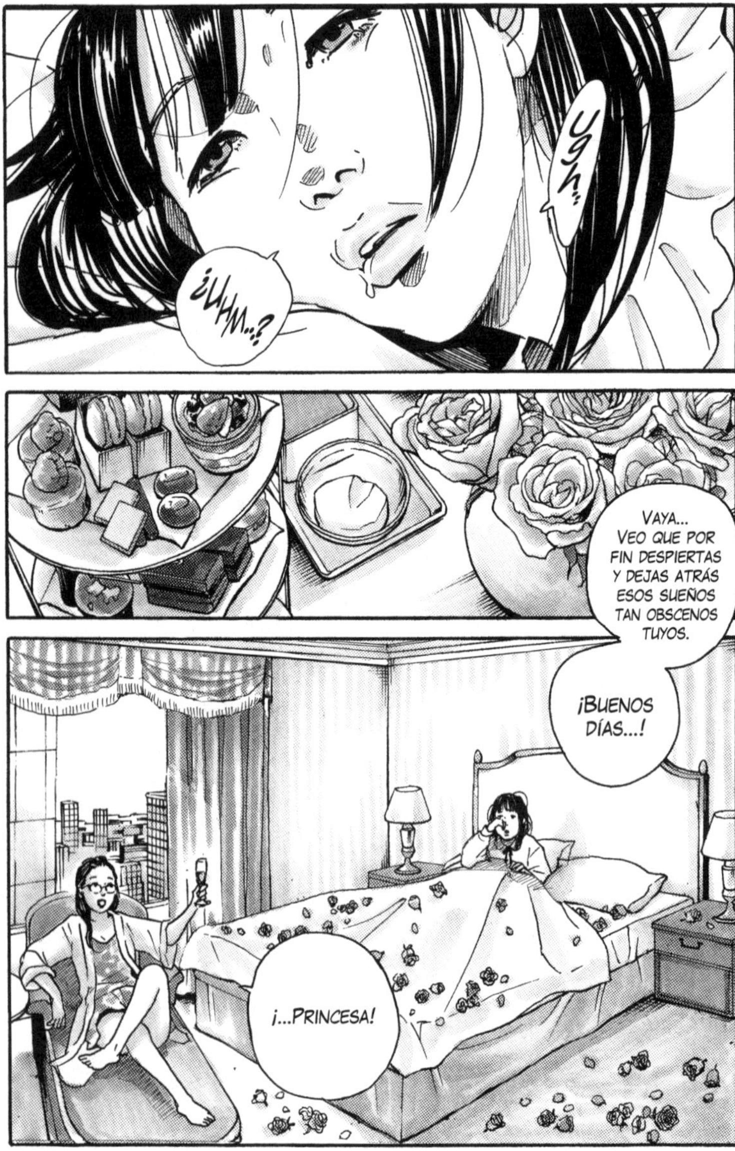
Ugh...
¿Uhm...?
Vaya... Veo que por fin despiertas y dejas atrás esos sueños tan obscenos tuyos.
¡Buenos días...!
¡...Princesa!

saturn
return 6 End

saturn return

SATURN RETURN VOL. 6

Original Japanese edition published by SHOGAKUKAN.
Spanish translation rights in Spain arranged with SHOGAKUKAN
through VME PLB SAS.

Original design: Jun KAWANA

PUBLICACIÓN DE MILKY WAY EDICIONES
EDIFICIO RIBADEDEVA 1 P02 D
33590 COLOMBRES
PRINCIPADO DE ASTURIAS
E-MAIL: INFO@MILKYWAYEDICIONES.COM

Traducción: Gorka Merino (DARUMA Serveis Lingüístics, SL)
Corrección: Raúl Izquierdo García

Director Editorial: Enrique Fuentevilla Noriega
Editor: Carlos E. Subero Ágreda

Depósito Legal: AS 03313-2023
ISBN: 978-84-19914-91-0
PRINTED IN E.U.

Impreso en España.

WWW.MILKYWAYEDICIONES.COM

Saturn return